歷代全集叢刊／張印棟主編

歐陽文忠公全集十八種附一種

（第七册）

（宋）歐陽修 撰

河南人民出版社

表奏書啓四六集卷第一　歐陽文忠公集九十

諫院謝賜章服表同王素　慶曆三年九月

臣某等今月日準閤門告報奉聖旨來日改賜章服者臣等尋以列狀具言供職以來未有能効不敢即受乞賜停寢明日朝于垂拱退立廡下俟命不報方共彷徨未知進退而閤門吏已迫臣等入對及見于延和有司賛使俯伏受命臣等不勝惶恐趨出以辭伏蒙遣中使宣諭云出自宸衷並不因臣僚薦舉不得辭讓臣等知君命甚寵不可必讓因退而拜受俯伏之際竦動羣臣伏惟陛下聖德仁慈優容臣下凡

有上殿者多因事陳述自乞章服故陛下不因臣等奏事之時特召賜見又宣明命告以出自宸衷蓋不欲使臣等雷同徼幸之流而爲外人譏議乃知陛下愛惜臣等至於如此臣等愛君憂國之勤自宜如何伏惟天地之恩無物可稱欲伸報謝惟有至誠今陛下以一章服賜臣等尚不欲令外人所非伏况陛下上承社稷之重下制元元休戚之命舉動得失所繫者大則臣等固當事無大小一一規正致陛下纖過小失不見于外然後可以稱臣等報君之心如陛下所以愛惜臣等之意臣等無任

辭召試知制誥劄子慶曆三年十二月

臣今早準中書傳指揮令臣到聚廳處尋問得有聖
旨令臣就試伏念臣自忝諫垣言事無狀日月未久
恩渥已頻凡朝廷任用非人僥倖干進在於臣職皆所當言豈有自爲僥倖以冒榮寵其召試指揮伏乞
特賜追寢取進止

辭召試知制誥狀同前

臣今日準中書召臣聞有聖語令臣就試已曾略具劄子辭免退而循省未止憂驚伏念臣本乏才能豈堪任用誤蒙聖獎擢在諫垣竊自思惟無以論報但

竭愚慮知無不爲凡姦邪在朝僥倖求進多以激訐沽名未察臣心紛然議誚臣亦自省忠國之節特惟陛下知之而可畏之言何由悉辨但誓不敢干進庶幾久乃自明今若驟覔寵榮越次升用則是譏議者謂臣向之所爲果是沽激本非爲國而去惡但務傾人而進身不惟使今後朝廷擢用忠言之臣不以自明而取信無恐小人見言者得進既速則各務奔趨一長其風遂成媮弊蓋上干於國體非止徇於臣私況臣供職未久言効無聞方今百度未脩四夷多事言者正當以失職坐黜豈可以亡狀遽遷其召試之

命必望特賜追寢緣臣早來爲中書催召倉卒之際論述未詳謹再具狀奏聞

辭直除知制誥狀 同前

今月六日準中書召臣試尋曾具劄子并奏狀辭免今日忽聞已有聖旨更不召試直除知制誥者伏以聖恩優異至寵至榮臣所以敢兹懇請者蓋以上繫朝廷任人之體非專臣子飾讓之私唯冀聖明察臣悃愊竊以朝廷進用臣下患忠邪不分欲辨忠邪須覈情僞今一言事之臣得速進則小人好進紛然爭以口舌爲事至其甚弊理難抑絶則後來有讜言之

士必雷同以干進見疑使君子小人情僞何別故臣以謂任人之體惟言事者不可以速冒寵榮臣累得對便殿奏事之際常陳此說伏況臣供職已來日月未久幸值陛下切於求理優容直言然而夷狄未賓盜賊未息官吏未汰黎民未蘇以事考言其効安在而數月之內恩典頻仍當黜而升宜罰而賞繫於國體則如前所陳揣於臣私則自知若此且夫設官賦祿本以勸善擢臣一人好進者得以奔趨無勞者皆容忝冒所損已多伏望聖慈憫臣愚訥直降恩命特賜寢停

辭免第二狀 同前

昨以準中書劄子爲臣累辭恩命奉聖旨不得辭讓者伏以臣之事君有誠無飾若理必當受則豈敢虚辭上煩聖聰自陷矯詐蓋臣所陳述者上繫朝廷事體非獨專徇臣私如臣之愚本以言事者速進則僞言者誘以爭趍今若辭讓而不獲則僞讓者終於得進損之又損不如不辭臣猥以非材已在言責若陛下欲擢臣以責効則今所居之職自足展効但患無能若以寵典爲賞勞又無可賞伏況此來恩命特出聖心臣子至榮人所願得苟非深思熟慮理須避讓

豈敢固自稽遲，以干典憲。伏望聖慈察臣至誠至懇，所除誥勑早賜追還。

舉呂溱自代狀 同前

準先降勑節文：應兩省臺官、尚書六品已上、諸司四品已上，授官訖，具表讓一人自代，於閤門投下，方得入謝者。

右臣伏見著作郎、直集賢院、知蘇州呂溱，首登辭科，素有文學，不肯碌碌以希例進，請補外郡，躬勤政事，今蘇州治狀爲兩浙第一。臣嘗與溱同在館閣，聞其論議，服其度量，材美甚衆，非臣所如。擢以代臣，庶允

公議謹具狀奏舉以聞

謝知制誥表 同前

臣某言：伏奉制命，蒙恩特授臣右正言、知制誥者。伏以王者尊居萬民之上，而誠意能與下通，奄有四海之大，而惠澤得以徧及者，得非號令告詔發揮而已哉！然其爲言也，質而不文，則不足以行遠而昭聖謨一作謀；麗而不典，則不足以示後而爲世法。居是職者，古難其人。乃以愚臣而當此選。臣某中謝。伏惟尊號皇帝陛下，茂仁聖之姿，荷祖宗之業，日慎一日，曾未少懈。而自羌夷負固，邊鄙用師，勤儉率先於聖躬，焦勞常見於玉色雖有憂民之志而億姓未蘇雖有欲治之心而群臣未副故每進一善則未嘗不欲勸天下之能每官一賢則未始不欲盡人材之用雖以爵祿而砥礪尚須訓誡之丁寧尤假能言以諭至意可稱是者不又（一作大）艱歟伏念臣雖以儒術進身本無辭藝可取徒值嚮者時文之弊偶能獨守好古之勤志欲去於雕華文反成於樸鄙本懼不適當世之用敢期自結聖主之知陛下獎之特深用之太過此臣所以懇讓三四至於辭窮而天意不回寵命難止尚慮頑然之未諭更加使者以臨門恩出非常理難屢

瀆及俯而受命伏讀訓辭則有必能復古之言然後益知所責之重夙夜惶惑未知所措伏況文字之職厠于侍從之班在於周行是爲超擢不徒揮翰以爲効自當死節以報恩惟所使之期於盡瘁

龍圖閣直學士河北都轉運使謝上表 闕

慶曆四年八月

謝獎諭編次三朝故事表慶曆四年九月

臣脩言今月二十八日進奏院遞到詔書一道以臣前奉詔編次三朝故事成上進訖特賜獎諭者聖后當天孝德先志嘉與左右奉爲大法成編上聞懼不

稱旨蒙詔温諭以榮以悴臣某中謝臣聞藝祖造邦
翕受駿命文綏武服震龍讐萬方十七年間大業以定
神宗享御睿謀獨斷照姦以察固賢以誠政清法明
堯夏安樂章聖紹衣上下錯國既安玉帛走於庭犀
革櫜於庫刑賞有典禮樂有經草木人靈咸懋歡喜
恭惟皇帝陛下以甚盛之德位久大之業日旰坐朝
昧爽興思道置器安處納民大中尚惟一祖二宗之遠
謨有百世無疆之丕訓君臣所以固附天人所以調
諧法令所以必行邦國所以從乂天垂日皎布在方
册爰詔近侍採摭要實祕在大府用裨聖政蓋守成

念夫至艱孝者先乎善繼睿心遠紹振古與侔臣親被上音適終論次慮失煩簡隕越待罪聖度兼貸賚錫以褒言誓捐微軀仰荷鴻覆瞻望宸扆無任激切

謝賜慶曆五年曆日表

伏以聖人在上天地節陰陽和一日十二辰五星二十八舍皆安次而行四時八風六律二十四氣各應時而至臣愚幸同萬物俱被長育而得與草木自别使知寒暑之期臣某中謝伏惟尊號皇帝陛下聰明睿智天縱多能向因萬機之餘親考上元之曆以授百職以同萬方而臣官任轉輸兼司按察若乃加正

朔於四海頒政教於明堂陛下懋其要而舉其大端至於經時節勸農桑候豐凶勤畜積順時令察姦非則臣敢不守其職而行其小者庶無失業以荅洪恩

滁州謝上表慶曆五年十月

臣某言臣伏蒙聖恩授臣依前右正言知制誥知滁州軍州事已於今月二十二日赴上訖者謗讒始作大喧群口而可驚誣罔終明幸賴聖君之在上列職尚叨於清近為邦仍竊於安閑祗荷恩榮惟知感涕臣某中謝伏念臣生而孤苦少則賤貧同母之親惟存一妹喪厥夫而無託携孤女以來歸張氏此時生

纔七歲，臣媿無著龜前知之識，不能逆料其長大所爲，在人情難棄於路隅，緣臣妹遂養於私室。方今公私嫁娶皆行姑舅婚姻，況晟於臣宗已隔再從，而張非已出，因謂無嫌，乃（仍一作）未及笄，遽令出適。然其既嫁五六年後，相去數千里間，不幸其人自爲醜穢，臣之耳目不能接，思慮不能知，而言者及臣，誠爲非意。以至究窮於資產，固已吹析於毫毛，若以攻臣之人惡臣之甚，苟羅織過，奚遑深文，蓋荷聖明之主張，得免羅織之冤枉。然臣自蒙睿奬，嘗列諫垣，論議多及於貴權，指目不勝於怨怒，若臣身不黜，則攻者不休苟令讒巧之僉多是速孤危於不保必欲爲臣明辯莫若付於獄官必欲措臣少安莫若置之閑處使其脱風波而遠去避陷穽之危機雖臣善自爲謀所欲不過如此斯蓋尊號皇帝陛下推天地之賜廓日月之明知臣幸逢主聖而敢危言憫臣不顧身微而當衆怨始終愛惜委曲保全臣雖木石之心頑實知君父之恩厚敢不虔遵明訓上體寬仁永堅不轉之心更勵匪躬之節

賀章獻明肅章懿二皇后祔廟表 慶曆五年十月

臣脩言伏覩十月九日敕書章獻明肅皇后章懿皇

后祔廟禮畢者大孝發於宸衷刑于四海休氣蒸乎羙澤賚及萬方華夏歡呼人（一作神）祇咸（一作感）悅臣某中賀恭惟尊號皇帝陛下自天生德繼聖垂衣率勤儉以在躬推仁恩而浹物動稽先訓謙弗自專奉二后之慈靈永懷罔極詢百執之公議所據有經然後肅清廟以載嚴由閟宮而升祔上儀交舉大慶咸均孝思永奉於烝嘗懿範有光於典策臣守藩地近（一作遠）受國恩深欣盛事之親逢與蒼生而共樂

賀祔廟禮畢進奉銀五百兩狀

右臣伏以廟容祔室一人式奉於孝思方物克庭萬

國率從於奔走前件物堅剛挺質粹美稱珍勉脩邦貢之儀用罄臣忠之節

謝賜慶曆六年曆日表

祇膺寵錫伏積兢榮臣某伏惟尊號皇帝陛下愛人育物精意奉天日用而百姓不知聖德與四時合序是以星辰順軌日月清明陰陽和風雨節恭已南面授人以時屬此歲端大頒玉曆臣職在守土愧無他能謹守詔條其敢失墜

謝賜慶曆七年曆日表

臣脩言本州進奏院遞到詔書一道賜臣慶曆七年

曆日一本者天序方周王正肇建元爾守邦之吏皆蒙頒曆之恩匪以爲私蓋遵彝典臣某中謝伏惟尊號皇帝陛下乾坤覆載日月照臨不言而四時行有作而萬物覩而乃考覽氣象精窮天人著爲玉曆之文以叶明堂之政舟車所至正朔咸加雖被謫以窮居亦以時而受賜臣敢不虔遵聖訓順布民時上副欲治之心少逃曠官之責（一作咎）

慰中王薨表慶曆七年五月

臣某言臣得進奏院狀報五月二十三日以皇叔申王德文薨皇帝幸後苑舉哀挂服者伏以申王德文

位崇王爵，地重宗藩，遽背明時，奄然殂謝。伏惟尊號皇帝陛下仁親九族，孝治萬方，成服發哀，恩隆禮備。臣忝居侍從，遠守詔條，不獲躬詣闕庭，以伸奠慰。臣無任哀感之至。

賀鴻慶宮成奉安三聖御容表慶曆七年七月

臣脩言：伏覩南京鴻慶宮成，奉安三聖御容者。一人致孝，式表於奉先；三后在天，並垂於鴻祐。人靈交感，華夏歡呼。臣某中賀。伏惟尊號皇帝陛下以上聖之姿，撫重熙之運，親執玉幣，禮天地之神祇；時奉烝嘗，報祖宗之功德。乃眷別京之重，載崇原廟之儀，衣冠

出遊仰稽於故事郡國嘗幸俾得以奉祠實隆廣孝之風以著不刊之典臣猥叨辭職方守郡條瞻盛禮以阻陪效歡聲而徒切

謝加上騎都尉進封開國伯加食邑三百戶表慶曆七年十二月

訓辭深厚恩典優隆祗服以還戰兢無錯臣某中謝伏念臣材非世用行與時違過蒙獎擢之私忝居侍從之列坐尸厚祿安處善邦當見帝以親郊莫陪嚴祀洎受釐而均慶亦被寵光進爵賜勳即封加戶併玆榮數及廼無功敢不退自省循益思砥礪上荅乾

坤之造更堅犬馬之誠

賀平貝州表 慶曆八年閏正月

伏聞閏月一日攻下貝州殺到妖賊王則者盜孽竊興人神一作祇共忿果懲睿筭悉殄兇徒臣某中賀伏惟尊號皇帝陛下推仁育物浸澤在人常服一作充儉以躬行惟足兵而在念至於多捐金幣講好戎夷務休戰爭蓋惜士卒德至深而莫報恩既厚則生驕敢肆妖狂自干斧鉞驅脅一作脅驅士衆閉守城闉既違天而逆人宜不攻而自破而況聖神運略將相協忠不遺一人咸即大戮悖慢者讐而肅恪一作恪肅昏愚者知

有誅夷銷沮萌震揚威令臣幸忝郡寄欣聞德音

揚州謝上表慶曆八年二月

臣脩言准樞密院遞到誥敕一道伏蒙聖恩授臣起居舍人依前知制誥知揚州軍州事已於今月二十二日赴任訖者貶所脫身遠叨臨於督府歲成無狀仍敘進於官聯被渥以優撫心增懼臣某中謝伏念臣材非適用行輙違時徒知好古之勤自勵匪躬之節誤蒙獎拔驟玷寵榮小器易盈固已宜於顛覆盡言取禍仍多結於怨仇仰恃公朝臣雖自信在於物理豈有不危矧利口之中人譬含沙之射影謂時之

衆嫉者易爲力，謂事之陰昧者易爲誣。上幸（一作繄）天聽之聰，終辨獄辭之濫，苟此寃之獲雪，雖永棄以猶甘，而況得善地以長人，享及親之厚禄，坐安優逸，未久歳時，亟就易於方州，仍陟遷於秩序。有以見聖君之意，未嘗忘言事之臣，孤拙獲全，忠善者皆當感勵，姦讒不効，傾邪者可使息心。非惟愚臣獨以爲幸，此蓋伏遇尊號皇帝陛下，乾坤覆載，日月照臨，察人常務於究情，行賞必思於有勸，致兹恩典，施及懦庸。誓堅終始之心，少荅生成之造。

潁州謝上表 皇祐元年三月十三日

臣脩言伏蒙聖恩就差臣知潁州軍州事臣已於三月十三日赴上訖者規求安閑坐享榮祿雖大君之德曲示含容而爲臣之心豈自遑處臣某中謝伏念臣材能淺薄性識昏蒙偶自弱齡粗知學古謂忠義可以事國名節可以榮身自蒙不次之恩亦冀非常之效然而進未有纖毫之益已不容於怨仇退未知補報之方遽先罹於衰病神與明而並耗風乘氣以交攻睛瞳雖存白黑纔辨蓋積憂而自損信處世之多危伏蒙尊號皇帝陛下造化陶鈞高明覆載閔其孤拙未即棄捐付以善郡俾從私便所冀療治有驗

瞻視復完則及物之仁荷更生之大賜使身不廢猶後效之可圖

謝轉禮部郎中表皇祐元年四月

臣某言蒙恩授臣禮部郎中知制誥依舊知潁州者恩出非常榮逾始望人以臣為寵臣以喜為憂伏念臣自小無能惟知嗜學常慕古人而篤行不思今世之難行而自遭遇聖明驟蒙獎拔急於報國遂欲忘軀結怨仇者皆可畏之人所違忤者悉當權之士既將行己又欲進身惟二者之難兼雖至愚而必達況臣粗知用捨頗識廉隅故其自被讒誣迨於降黜當

舉朝沸議未嘗以寸牘而自明及累歲謫居不敢以半辭而自理其後再經寬赦移鎮要藩曾未逾年遽求小郡蓋臣知難當之衆怒尚未甘心思苟免之善謀惟宜退迹則臣於榮進豈敢僥求此蓋皇帝陛下日月照臨乾坤覆載不忘舊物曲軫睿慈謂臣賤職之人悉皆帝復憫臣無名之罪久未雪除故推敘進之文特示甄收之意然臣近於去歲早已改官逮此便蕃豈宜叨竊欲固讓則有嫌疑之避欲遽受則懷忝冒之慙進退之間凌兢失措惟當盡節上報深恩

謝復龍圖閣直學士表皇祐元年八月

臣脩言：今月十八日樞密院遞到誥勑各一道，伏蒙聖恩授臣依前禮部郎中、充龍圖閣直學士，仍舊知潁州者。恩還舊職，事雪前誣，感極心驚，涕隨言出。臣其中謝。臣伏見前世材賢（賢一作材）之士，身結主知，勳德之臣，功施王室，然尚或一遭讒毀，欲辨無由，少忤要權，其禍不測。顧如臣者，何足道哉！臣材不逾於中人，功無益於當世，用之未見其効，去之無足可思。覩罔極之讒交興，而並進易危之迹，何恃而不顛？而聖心不忘，恩意特至，辨罔欺於曖昧，沮仇嫉於衆多。雖暫居譴謫之中，而屢被陞遷之渥。今又特蒙甄錄，牽復

寵名以臣之愚豈比前人而獨異推其所幸蓋由聖
主之親逢謂宜如何可以論報再念臣禀生孤拙本
乏藝能徒因學古之勤粗識事君之節苟臨危效命
尚當不顧以奮身況爲善無傷何憚竭忠而報國誓
期盡瘁少荅高明

南京謝上表 皇祐二年七月

臣某言伏蒙聖恩就差臣知應天府兼南京留守司
事臣已於今月二十四日赴上訖者守宮鑰之謹嚴
敢忘夙夜布政條之纖悉上副憂勤寄任非堪兢營
並集臣某中謝伏念臣賦才庸薄稟數奇危毀譽交

與兩當過實寵榮踰分動輒招尤念報效之未伸敢不竭忠而盡瘁困風波之可畏則思遠去以深藏迨此六年外更三守學偷安而杜口負素志以媿心朽質易衰已凋零於齒髮良時難得尚希慕於功名豈謂皇慈未捐舊物擢從支郡委以名都惟此別京舊當孔道簿領少勤於職事厨傳取悅於路人苟循俗吏之所為雖能免過非有古人之大節未足報君

謝明堂覃恩轉官加勳表 皇祐一年十月

臣某言今月十三日進奏院遞到誥勑各一道伏蒙

聖恩授臣尚書吏部郎中加輕車都尉依前龍圖閣

直學士仍舊知應天府兼南京留守司事及放朝謝
者天地號令風雷鼓行一氣所均萬物咸被遂容僥
倖亦與褒升臣某中謝伏念臣材不逮人識非慮遠
徒有事君之節未知報國之方冒寵貪榮已踰其量
見利臨得曾不知慚此者伏遇尊號皇帝陛下堯舜
聰明禹湯勤儉脩前王之曠典述先志以繼成昭致
精禋躬臨路寢膺受上天之多福推與萬方而不私
臣於此時限以官守講儀制禮不預議郎博士之流
助祭陪祠不右諸侯方物之列既乏一言之獻又無
執事之勞徒隨翟闕共享餘賜普天率土雖異衆以

獨辭蹐厚踞高但撫躬而無措

表奏書啓四六集卷第一

紹熙三年十月承直郎丁朝佐編次

郡人孫謙益校正

辭召試知制誥劄子

干進（一作而進）

辭召試知制誥狀

不以自明（不字疑）

辭免第二狀

所陳（一作累所陳）獨專（一作專獨）

謝知制誥表 未少（一作不少）玉色（一作顔色）聖主（一作明主）

除州謝上表 乃未及弁（一作乃當未弁）尊號（此上一有伏遇二字）

賀鴻慶宮成奉安表 玉幣（一作圭幣）

賀平貝州表 王則（此下一有等字）

揚州謝上表 以優（一作已優）自勵（一作每勵）忘言（一作廢言）孤拙獲全[illegible]爲幸（[illegible]一作危拙獲全爲善者皆當感激罔欺不効好讒者由是沮消豈特臣愚獨蒙其幸）

穎州謝上表 昏蒙（一作昏愚）

謝轉禮部郎中表（一作臣某言樞密院遞到勑告伏蒙聖恩授臣尚書禮部郎中依前知制誥知穎州者）自小（一作自少）篤行（一作篤信）不敢以（一作以有）謂臣貶

職謂字下一有後字憫臣此上一有而字

謝復龍圖閣直學士表

矇昧矇元作藹尚當一作尚思

南京謝上表

困風波困一作因

謝賜對衣表至和元年六月

右臣伏以粹然玉色，方覲於清光；賁以身章，遽蒙於寵賜。授受之際，兢懼交并。伏念臣材靡及中，器非用用，遘光華之在旦，荷榮禄以逾涯。非惟罪謗之多，罹實亦禍罰之並至。苟存遺體，僅續餘生。敢謂伏蒙尊號皇帝陛下覆燾之恩，幽微必及，召從廬次，復以官聯。當陛見之云初，陳笥衣而有焕。飾躬增耀，愈彰不稱之譏；處物雖愚，猶識謝生之所。臣無任

辭翰林學士奏至和元年九月

臣今日準閤門告報蒙恩除臣翰林學士所降勅告
臣未敢祗受竊以內制之職選用非輕臣以庸虛繆
塵侍從歲月雖久能効無聞居外任不歷煩難在朝
廷未有補益見居學士之職已甚厚顏豈敢更希榮
進況臣屯蹇之迹憂患所侵齒髮凋殘心志衰耗鄉
侍老母久纏疾恙尋丁憂制僅有餘生累歲以來學
業荒廢詔誥之任尤非所當欲望聖慈察臣衰拙所
有恩命特賜寢停臣無任

謝宣召入翰林狀

使車入里君命在門閭巷驚傳豈識朝廷之故事搢

紳諫歎以爲儒者之至榮在臣之愚何以堪此竊以文章（一任詞）之任自古非輕待遇寵榮至有私人之目詢謀獻納固加内相之名恩既異於常倫人愈難於稱職伏念臣器非宏遠識匪該明學不通古今之宜材不識方圓之用久叨塵於侍從曾莫著於勞能而自出守外藩近遭家禍苟存餘喘復齒周行風波流落者十年天日再瞻於雙闕進對之際已蕭颯於霜毛慰勞有加賜憫憐於玉色形神若此志意可知身已分於早衰心敢萌於希進加以羇危之迹仇嫉交攻進退動繫於群言論議多煩於睿聽雖覆載之造

每賜保全而孤蹇偷安常思引去敢謂伏蒙尊號皇帝陛下俯憐舊物曲軫宸慈因内署之闕員俾備官而承乏臣敢不勉尋舊學益勵前脩感遺簪未棄之仁竭駑馬已疲之力庶伸薄効少荅鴻恩

謝對衣金帶鞍轡馬狀 同前

右臣伏蒙聖慈以臣入院特賜衣一對金帶一條金鍍銀鞍轡馬一疋者禁林促召彌峻於近班慈澤逾涯復叨於蕃錫退循昧陋曷稱輝榮伏念臣素乏藝文久塵清近神都繁浩常懼於曠官内署凝嚴遽叨於厠職使蕃曲被兢慄方深豈謂載厚宸慈式垂寵

賚無金錫帶榮踰廓落之名在笥頒衣媿甚曳婁之刺輟以內閑之駿飾精實校之光俯耀微軀仰慚殊渥庸何醻補但誓糜捐臣無任

乞洪州劄子嘉祐二年

臣去冬曾有奏陳乞差知洪州一次尋以差入貢院無由再述懇私伏念臣本以庸愚叨塵恩寵一入禁署迨今三年進無補於朝廷退自迫於衰病眼目昏暗腳膝行步頗艱右臂疼痛舉動費力雖翰苑事無繁劇聖恩曲賜優容然非養病尸居之地兼臣鄉里在吉州昨於丁憂持服時歸葬亡母荒迷之中庶事

未備本期服闋還朝上告聖慈乞一近鄉州郡貴得俸禄因便營緝而自叨禁職荏苒歲時貪寵忘親此又人子之責也所以夙夜彷徨不能自止欲望聖慈憫臣衰朽察臣懇迫特許差知洪州一次取進止

辭侍讀學士劄子嘉祐三年三月

臣準閤門告報伏蒙聖恩授臣兼侍讀學士臣伏見侍讀之職最爲清近自祖宗以來尤所慎選居其職者常不過一兩人今經筵之臣一十四人而侍讀十人可謂多矣臣以愚繆忝廁翰林又充史職太常禮儀秘閣秘書省尚書禮部刊修唐書然則在臣不謂

無無職而經筵又不關人忽沐聖慈特此除授蓋以近年學士相承多兼此職朝廷以爲成例不惜推恩比來外人議者皆云講筵侍從人多無坐處矣每見有除此職者則云學士俸薄朝廷與添請俸官以人輕一至於此欲乞罷臣此命不使聖朝慎選之清職遂同例授之冗員況臣材識淺薄自少以來粗習辭章過蒙進擢俾塵禁署中年衰病常憂廢職至於講説經義博聞彊記矧復非臣所長今耆舊之臣經術之士並侍講讀者足以備顧問承清光欲望聖慈矜臣不材自知俾免冒榮之誚所有告勑不敢祗受取

進止

再辭侍讀學士狀 嘉祐三年三月

右臣準中書劄子以臣辭免侍讀學士恩命奉聖旨不許辭讓者伏念臣猥以庸虛過蒙獎擢禁署爲一時清選既已忝竊經筵況近例多無何必辭讓蓋以臣身見無八職侍讀已有十人爲朝廷惜清職遂爲冗員況講席不添人未至闕事所以敢陳瞽説乞免冒榮臣伏見國家近年以來恩濫官冗議者但知冗官之弊不思致弊之因蓋由凡所推恩便爲成例在上者稍欲裁减則恐人心之不足在下者既皆習慣

因謂所得爲當然積少成多有加無損遂至不勝其弊莫知所以裁之中外之臣無有賢愚共知患此而臣爲陛下學士職號論思豈有目覩時弊心知可患無所獻納而又自身蹈之今既已陳述若又不自踐言則貪榮冒寵不止尋常之責而虛辭飾讓又爲矯僞之人此臣所以恐迫惶惑不自知止也伏望聖慈矜臣至懇察臣狂言許寢新恩俾安常分謹具狀奏聞伏候勑旨

辭開封府劄子嘉祐三年六月

臣伏聞内出誥勑各一道付閤門除臣兼龍圖閣學

士權知開封府臣以庸拙久塵侍從初無勞效以伸補報日夕循省常愧心顔今者曲蒙聖慈悮加選用豈可茍避繁劇輙希辭免蓋臣有不得已者須至縷陳臣自前歲已來累有奏列（一作狀）乞一外任差遣蓋以臣久患目疾年齒漸衰昏暗愈甚又自今年春末忽得風眩昨於韓絳入學士院勑設日衆坐之中遽然昏踣自後往往發動緣臣所修唐書已見次第所以盤桓欲俟書成便乞補外豈期聖造委以治煩臣素以文辭專學治民臨政既非所長加以早衰多病精力不彊竊慮隳官敗事上誤聖知無所修唐書不

過三五月可以畢手置局多年官吏拘留糜耗供給今已垂成若別差人轉成稽滯只委臣了畢則恐無暇及之欲望聖慈矜臣衰病才非所長欲乞別選材能許臣且仍舊職候唐書成日乞一外任差遣以養衰殘今取進止

乞洪州第二劄子嘉祐四年正月

臣輒有愚懇上干聖聰出於至誠不敢緣飾臣本以愚懦別無材能過蒙恩私列在侍從初無補報之效每以尸素爲慙昨者忽被選差俾權京尹臣雖知材力淺薄衰病侵陵當此浩穰實難辦濟直以忝廁翰

苑迨今數年所職清閑過享優逸一旦遽蒙煩使不可再辭亦欲勉彊年歲之間少陳筋力之效苟無曠敗乞一外州不意眼目舊疾遽然發動蓋自供職以来旦旦常於燈燭下看讀文字及簽書發遣自早至夜率以爲常全藉眼力而臣舊患已及十年兩目眊然中外具見近一兩月来暗昏疼痛屢在假告不無廢事人雖未責臣豈自安臣自前累曾陳乞江西差遣一任欲乞檢會臣前後陳乞依蔡襄例除臣洪州一次俾解繁劇以養衰殘伏望聖慈特賜矜允今取進止

乞洪州第三狀

右臣近罄懇私自陳衰病願罷權尹乞一外州伏蒙聖恩降詔不允臣以庸繆過叨奬擢不能陳力輒欲辭勞當被刑誅敢期詔諭理宜祇惕明訓勉勵疲駑而敢再干天聰固自愚執者蓋臣有不得已也臣舊患兩目於今十年近日以來發作（一作動）尤甚眵淚浸溢睛瞳眊昏視物稍多其痛如割欲頻請假告則浩穰之地豈自遑安欲竭力枝梧則疾患內攻有難勉彊夙夜憂畏不知所爲欲望聖慈憫臣衰殘察臣愚拙許解繁劇假一遠外之州俾之待罪臣無任瞻天

祈恩激切之至謹具狀陳乞伏候勅旨

乞洪州第四劄子

臣近兩曾陳乞差知洪州一任未蒙恩許蓋以臣衰病不支難當任使素心所切苟欲便私非敢自圖外州以就優逸臣年雖五十三歲鬢髮皓然兩目昏暗自丁憂服闋便患脚膝近又風氣攻注左臂疼痛舉動艱難一身四肢不病者有幾以此貪冒榮祿無處劇繁實知難濟矧自權行府事以來三致臺諫上言兩煩朝廷起獄其它碌碌常事亦無分寸可稱蓋其資材本自庸虚加以精神日漸耗竭處之清職則論

議謀猷無一可取擢以煩使又心力疲憊自訴不能
上賴聖慈憐憫雖未欲遽棄于外而臣自處實所難
安伏見侍從之班交相出入昨吕溱劉敞並請補外
不三數歲今悉召歸況如臣者留之無所補去之無
所惜者哉欲望聖慈矜臣此志乞一外任差遣得以
養理衰殘誓於餘年少圖報效今取進止

辭轉給事中劄子 嘉祐四年二月

臣近曾陳乞外任差遣伏蒙聖慈許臣解罷府事兼
授臣給事中臣本以庸虛誤蒙獎任不能陳力況未
及朞遽以衰病自求罷去理當黜責以勵不才豈宜

非時濫被恩賞況臣權府之初已蒙加以無職到今方及半年有餘不因朝廷別有差使只是自以疾病求罷豈可又轉一官雖聖恩優厚過寵衰殘而臣自揣量無容濫受所有恩命乞賜停寢只許令臣歸院供職所貴少安疲病今取進止

再辭轉給事中劄子 同前

臣近準閤門告報蒙恩授臣給事中臣尋曾瀝懇乞賜寢停今準中書劄子奉聖旨不許辭讓便令授告勑者臣本庸材蒙陛下擢在翰苑言語侍從既無所納以伸報效任以煩使又自陳疲病訴以不能然則

如臣久冒寵榮累堪何用上賴聖君優容未加黜責豈可授命之日已蒙加職不久罷去又復轉官此臣所以懃懼徊徨不敢即授也臣竊見前知府呂公弼差知益州授樞密直學士及公弼辭免不行從領群牧遂却只依舊充龍圖閣直學士王素蔡襄並因方面之寄乃遷職是則罷府供職京師者不當別有遷轉此近例也臣非敢飾僞上煩聖聰直以恩寵頻併理當辭避欲望聖慈察臣無所堪用矜臣能自揣量俾寢新恩免貽群議今取進止

舉呂公著自代狀 同前

臣伏見司封員外郎崇文院檢討吕公著出自相門躬覆儒行學贍文富器深識遠而静默寡欲有古君子之風用之朝廷可抑浮俗置在左右必爲名臣非惟臣所不如實當今難得之士臣今舉以自代

進新修唐書表嘉祐五年七月戊戌爲提舉編脩曾公亮作

臣公亮言竊惟唐有天下幾三百年其君臣行事之始終所以治亂興衰之迹與其典章制度之英宜其粲然著在簡册而紀次無法詳略失中文采不明事實零落蓋百有五十年然後得以發揮幽昧補緝闕亡黜正僞謬克備一家之史以爲萬代之傳成之至

難理若有待臣某中謝伏惟尊號皇帝陛下有虞舜之智而好問躬大禹之聖而克勤天下平和民物安樂而猶垂心積精以求治要日與鴻生舊學講誦六經考覽前古以謂商周以來爲國長久惟漢與唐不幸接乎五代衰世之士氣力　弱言淺意陋不足以起其文而使明君賢臣儁功偉烈與夫昏虐賊亂禍根罪首皆不足暴其善惡以動人耳目誠不可以垂勸戒示久遠甚可歎也乃因邇臣之有言適契上心之所閔於是刊脩官翰林學士臣歐陽脩端明殿學士臣宋祁與編脩官知制誥臣范鎮臣王疇集賢校

理臣宋敏求秘書丞臣呂夏卿著作佐郎臣劉羲叟等並膺儒學之選悉發秘府之藏俾之討論共加删定凡十有七年成二百二十五卷其事則增於前其文則省於舊至於名篇著目有革有因立傳紀實或增或損義類凡例皆有據依纖悉綱條具載別錄臣公亮典司事領從貫日月誠不足以成大典稱明詔無任慙懼戰汗屏營之至

辭轉禮部侍郎劄子 嘉祐五年七月與子

臣準閤門告報蒙恩除臣禮部侍郎令臣授告勑者臣伏思聖恩所及必以臣近進唐書了畢凡與脩書

官並均睿澤竊緣臣與他脩書官不同檢會宋祁范鎮到局各及一十七年王疇一十五年宋敏求呂夏卿劉羲叟並各十年已上內列傳一百五十卷並是宋祁一面刊修一部書中三分居二范鎮王疇呂夏卿劉羲叟並從初置局便編纂故事分成卷草用功最多如臣者蓋自置局已十年後書欲有成始差入局接續殘零刊撰紀志六十卷是臣到局月日不多用功最少今來一例受賞臣實愧心無臣自嘉祐二年蒙恩轉諫議大夫三年蒙恩加龍圖閣學士四年蒙恩轉給事中到今方及一年豈可又（一作加）以無功

濫賞，臣不敢虚飾辭讓，煩瀆朝廷，理有不安，實難自默。欲望聖慈特寢新命，今取進止。

再辭轉禮部侍郎狀

右臣今月二十三日奉被詔書一道，以臣乞寢新除禮部侍郎恩命不允事。伏念臣出自孤寒，累蒙獎擢，職忝學士，官至給事中，前後所授恩命不少，豈敢頓於此際過飾僞辭，取好讓之虚名，爲有識之所誚。實以臣撫心内愧，不敢自欺。蓋以唐書置局已十餘年，纂録垂就，臣最後至，接續分撰卷數不多，用功最少，不敢與從初置局及在局年深用功勤勞人一例受賞所陳情實皆有據依不敢過言冀爲可信敢謂特煩詔諭前例所無上體聖恩便合祗受而臣迫於懇悃實所難安夙夜徊徨莫知所措若以臣雖無功效不欲獨遺欲望聖慈稍加裁損或於階勳食邑一有所霑俾臣得不過分足以爲榮臣若自欺不言則冒寵雖多爲愧愈甚臣不勝激切戰懼屏營之至謹具狀陳乞以聞伏候勑旨

賀壽星表 至和三年二月誤雕在此

臣某等言天雖不言事以象見保祐聖德其祉無疆臣某等中賀伏惟尊號皇帝陛下以憂勞勤儉之志

躬自發憤而以仁慈寬厚之恵愛養元元下洎萬邦小大諸物咸欲各正性命而畢安其生上天降監宜有以報庚寅之夕星見南方占者天丈福在人主惟天去人不遠如此災祥在德可不戒哉臣等忝備詞臣無所裨補惟願清心屏欲以隆南山之固而享一有夫字無疆之休

乞洪州第五劄子嘉祐五年七月

臣猥以庸虛過蒙獎擢久列侍從就無補報年齒老大疾病侵陵聽重目昏聰明並耗髮白手顫精力俱衰無以父母墳塋遠在江外未有得力子弟照管誠

心迫切臣自三四年來累曾陳乞一外任差遣中間緣奉勑刊修唐書未見次第所以盤桓歲月不敢再三堅請今來唐書已得了當欲望聖慈差臣知洪州一次所冀退養衰（一作昧）拙無便私塋取進止

乞洪州第六狀 嘉祐五年[illegible]月

右臣近瀝懇私上干睿聽以臣年衰多病父母墳墓在遠無人照管乞一次江西差遣至今未蒙恩旨臣以病攻于外（一作內）事迫于中（一作外）既不自安實難緘默將期得請不避煩言重念臣不幸少孤先父遠葬鄉里在吉州之吉水昨臣丁母憂日又扶護歸葬然

臣方在憂禍故事力有所不周臣但仰天長號撫心自誓秪期服闋便乞一江西差遣庶幾近便營緝至於種植松栢置田招客蓋造屋宇刻禀碑碣之類事雖倉卒葬於一二年間勉力可就當是時鄉人父老親族故舊環列墓次並聞臣言自臣除服還朝皆引領望臣歸踐前約而臣遷延荏苒一住七年是臣欺罔幽明貪戀（一作共）榮祿食言不信罪莫大焉無臣禀賦奇薄竟羸多病兩目昏暗已踰十年近又兩耳重聽如物閉塞前患左臂疼痛舉動無力今年以來又患右手指節拘攣至於鬚鬢蕭颯（一作條）久已皤然臣

自視形容如此不惟不宜濫廁賢材英儁之士出入
朝廷以取笑於搢紳之列實慮早衰易殞恐遂不得
一償素志以爲終身之恨臣自數年以來雖累曾陳
乞而懇誠不至天聽未回亦嚮欲伺候唐書了畢今
者幸已成書上奏其餘所領並是尋常職務別無朝
廷差委勾當未了事件臣是敢罄述愚衷備盡微瑣
伏念臣本之材能初無階援特蒙睿奬拔自常流置
在侍從殆今十有七年矣訖無補報孤負恩榮伏望
聖慈察臣心志凋零形骸朽悴閔臣昔當少壯銳意
立朝今而衰退一至於此哀臣情實迫切乞賜檢會

數年以來前後陳乞特許與除知洪州一次臣雖疲憊猶能遵奉詔條修舉常職誓殫犬馬之力上酬天地之仁臣無任細徨激切謹具狀奏聞伏候敕旨

乞洪州第七狀同前

右臣奉被今月二十一日詔書一道以臣陳乞江西差遣宜不允者伏念臣早以孤賤誤玷恩榮而生禀拙艱動罹謗咎往自河北作守滁陽在外十年遂至白首頃除憂制還奉内朝幸蒙聖恩収以桑榆置之翰苑凡今仕宦光寵孰不樂在朝廷職任清優顧亦無出禁近臣豈不思嚮之流落引領欲顒一作還而乃

却蹈風波自投遠外此之愚計豈近人情蓋以臣事
迫心危有不得已凡諸懇悃嘗具剖陳不敢煩言況
已罄盡再念臣遭遇明聖過彼恩私犬馬無知猶能
報效而臣性既疎簡識非敏明少以專學而自愚不
能趣世以濟務效當求實而安事虛名才貴適時而
一無可用至於上所詢訪時有論議亦碌碌隨衆人
未嘗有所建言縱令有之亦不足采惟有文字繆爲
流俗過稱而自供職禁庭殆今七載屬中外無事文
書甚簡不過月赴四五直飽食甘寢止撰青詞齋文
一兩通只此爲臣所能是臣事業去之亦何闕於事

存之又奚補於時將何以上煩睿慈曲示恩意特頒詔諭前例所無捧讀驚懃繼以感涕臣亦竊聞近日兩制臣寮多求外任彼皆材業有素年齒方彊又無事於外方可以且留供職惟臣材無可用年又漸衰外有私營冀償夙素欲望聖慈畀之一郡使其志畢願從若天幸餘齡未塡溝壑則遺簪舊物尚或冀於見收而疲馬君軒豈不知於有戀臣無任祈恩激切之至謹具狀陳乞以聞伏候勑旨

辭侍讀學士狀 嘉祐五年九月

右臣準閤門告報蒙恩除臣兼侍讀學士者竊以學

士不宜兼侍讀臣於前歲已具陳論當時蒙恩遂許辭免在於今日豈宜復授得非以方今經筵闕人而臣在學士中適當次補聖恩優異不忍獨遺臣以衰殘久塵禁署已兼龍圖閣學士而在院學士多未有兼職況臣前已有言理宜自踐欲乞許臣只兼舊職其經筵闕侍讀別賜除人所有誥敕臣不敢祗受今取進止

辭樞密副使表 嘉祐五年十一月

臣某言伏奉制命蒙恩特授臣依前禮部侍郎充樞密副使仍加食邑實封散官勳賜如故者成命始行

驟驚於衆聽，撫心增懼，曾莫以自容。臣某中謝竊以
樞要之司，朝廷慎選，出納惟允，實賛於萬機，禮遇均
隆，號稱於二府，顧任人之得失，常繫國體一作之重輕。
苟非其材，所損不一。伏念臣器能甚薄，風力不強，少
喜文辭，殆浮華而少實，晚勤古學，終迂闊以自愚。而
自遭逢盛明，擢在侍從，閒嘗論天下之事，言出而衆
怨已歸，思欲報人主之知，智短而萬分無補，徒履危
躬於禍咎，每煩聖造之保全。既不適於時宜，惟可置
之閑處，故自叨還禁署，逮此七年，屢乞方州，幾于十
請遷愚誠而懇至，被明詔之丁寧。雖大度并包，猥荷

優容之賜而群賢在列敢懷希進之心豈謂伏遇尊號皇帝陛下急於求人思以濟治因柄臣之並選憐舊物以不遺然而致遠之難力不勝者必速其覆量材不可能自知者猶得爲明敢冀睿慈察其迫切俾回涣渥更選儁良如此則器不假人各適賢愚之分物皆知報何勝犬馬之心

謝樞密副使表

臣某言伏奉制命蒙恩特授臣依前官充樞密副使尋具表陳免蒙降批答不允斷來章者右樞虛府克位宜求於儁賢多士盈庭誤選乃先於庸妄既牢辭

之靡獲徒以寵而爲憂臣某中謝伏念臣少本賤愚初無志慮爲小人之事力不勝於負薪程有司之文學止期於干祿過被仁恩之樂育早從英俊之並遊遂叨侍從之流又玷論思之地方時求治殆無補於毫分一作分毫顧質早衰況漸凋於齒髮但思藏縮敢望甄陞矧惟贊萬事之機必也極一時之選豈容濫得猥以備員當命令之始行方惶惑以自失而睿恩至渥召旨甚嚴莫諧懇避之誠徒負貪榮之媿比蓋伏遇尊號皇帝陛下廓天地之量垂日月之光憐樸直之無他謂疲駑之可勉俾承闕乏以効拙勤臣敢不

奮勵無能之姿感激難逢之會職思其位庶免於曠官謀不以身少期於報國

辭參知政事表嘉祐六年八月

職參論道宜極選於一時授匪其人實駭聞於衆聽恩榮所被跼蹐難安臣某中謝伏念臣本乏材能徒緣幸會列于侍從白首無聞置在樞機素餐已甚雖聖主之恩天地曲示含容而朝廷之事毫釐動關利害豈止曠官之誚每懷誤國之憂矧惟政事之臣實代天工之任俾之贊貳宜擇材賢伏望尊號皇帝陛下收誤獎之恩廣僉諧之訪憫疲駑之已試備見無

庸求俊乂於在廷擢之不次俾獲安於舊職冀免速於罪辜報効之誠殞糜後已

謝參知政事表

賛貳國鈞參聞廟論謂宜不次而選冀得非常之材廼以敘遷俾之承乏之誤恩過被許讓靡從臣某中謝伏念臣少迫賤貧偶勤學問儒者博而寡要況匪多聞文章世之空言豈能適用徒以早遘亨嘉之會驟蒙獎拔（一作擢）之私叨言語侍從之流逮今踰紀玷出納樞機之任初乏可稱幸先彈理之未加每欲遜避而引去敢期睿眷俾與政機優以寵章進其爵秩望

非意及榮與憂并此蓋伏遇尊號皇帝陛下堯德聰明禹躬勤儉博求俊乂以濟治康謂臣既朴且愚必能循於忠謹雖庸而懦尚可策其疲駑猥以備員遂茲冒寵臣敢不益堅素守自勉不強惟殫犬馬之勞上答乾坤之造

辭明堂加恩表嘉祐七年九月

祭之爲惠雖澤貴乎均而賞不因功則士無以勸既難安於兢愧敢自避於黷煩臣某中謝伏念臣性本顓愚學無師法才不適當世之用識不通治古之原誤蒙聖知擢自平進俾參國論幸有蘊而得施坐耗

歲時訖無稱而取誚方懼素餐之責敢懷濫得之心屬宗祀之有嚴奉精禋之致孝陪一二大臣之後既竊窺於盛儀獻千萬歲壽之觴獲共慶於成禮然而賜之胙餕蒙福已多加以寵榮在臣豈稱伏望尊號

皇帝陛下回高明之聽察懇至之誠推一人有慶之

恩務先於幽遠憫小器易盈之量俾免於覆顛特收

渙汗之行仰冀曲全之造

謝賜飛白并賜宴詩狀 嘉祐八年正月

右臣去月二十七日伏蒙聖慈召赴天章閣觀太宗

真宗御集次赴寶文閣觀御飛白書賜以金花牋字

遂錫宴於群玉殿臣本出寒儒遭逢盛旦誤被獎擢參贊鈞衡陛下憂勤萬機德被四海邊鄙不聳年穀順成民物熙閑聖心怡豫臣於此際既得以尸素偷安而又獲親侍清光便蕃恩錫一時之盛事千載之難遇臣不勝至榮至幸謹課成召赴天章閣寶文閣觀祖宗御集賜飛白羣玉殿賜宴五言八韻詩一首隨狀上進干瀆宸嚴無任惶恐戰汗屏營之至

謝覃恩轉戶部侍郎表 嘉祐八年英宗登極四月上

皇明繼照如日之昇睿澤霶流溥天咸被時惟朽儒亦玷光華臣某中謝伏念臣本以庸虛僅知學問識

不周於往行一作時用材莫逮於中人方其壯年喜論時事名聲濫得招謗咎以偕來榮寵踰涯蹈憂危而亦至晚被先朝之誤獎俾陪二府之後塵居無補於休明方自期於引避遽號弓而結恨雖殞體以何追伏遇皇帝陛下奮發乾剛嗣承天統當茂業繼文之始乃歡謳歸啓之初宗社獲安人神洽一作合慶矧惟新之號令方無間於幽遐顧於兹時其敢獨異俯從衹受但益凌兢敢不勉勵衰殘感遇今昔更竭疲駑之效庶仲塵露之微

謝皇太后表

嗣聖當天法重离而正位鴻恩浹物均萬國以同休
遂容尸素之臣猥被優隆之渥臣某中謝伏念臣名
雖學古性實迂儒徒誦習於典墳靡該通於今古爰
從束髮遭會明時蒙先帝之誤知與羣英而並進紫
樞黄閣叨陪論道之司白首丹心徒有報君之志屬
綴衣之揚命奉主鬯以承祧方推慶賜之行遽荷便
蕃之寵伏遇皇太后殿下坤元厚載母道居尊惟兹
聽覽之初務霈汪洋之澤臣敢不勉脩職業上副憂
勤送往事居忘身盡節庶展涓埃之效少酬覆燾之
私

表奏書啓四六集卷第二

紹熙三年十月承直郎丁朝佐編次

郡人孫謙益校正

謝對衣金帶鞍馬狀

促召一作祗召

辭候讀學士劄子

朝廷與添請俸朝廷二字一作恩

進新修唐書表

百有五十此上一有又字萬代一作萬世平和一作

[illegible]

不幸此上一有[illegible]字不足暴其凡一作得

辭[illegible]侍郎劄子

六十卷此上一有纔字

賀壽星表英辭類稾題作中書賀壽星表故其後云忝備宰臣寀中書公用表章例是知制誥撰

乞[illegible]狀刻稟一作刻立事雖雖疑是難字

乞洪州第七狀隨衆人一無衆字

辭樞密副使表殆浮華殆一作第晚勤古學晚一作志禍咎禍一作極咎優容之賜賜一作德

謝樞密副使表儁賢一作儁良以寵而爲憂一作以爲憂冒寵早

從從一作參極極一作副一樸直一作忠直少期一作少圖

謝參知政事表俾之一作任之

此卷謝賜對衣狀云授受之際廣韻受字上聲納也承也盛也得也繼也授字去聲付也公之它文

或以授爲受以受爲授蓋一時互用不可輕改

此卷謝賜衣帶鞍馬狀乃初入翰苑時其云神都繁浩者謂前任南都留守也或疑解開封府之後誤矣

廣韻以謬爲差誤繆爲紕繆皆非美意此卷辭翰林學士奏云繆塵侍從乞洪州第三狀云臣以庸繆修唐書表云黜正偽謬并集古跋真蹟凡言訛謬盡用繆字可見互用之意元文不可輕改

按兩朝國史至和三年二月辛卯壽星見此卷賀表云庚寅之夕蓋陰陽家分亥子爲兩日又太史

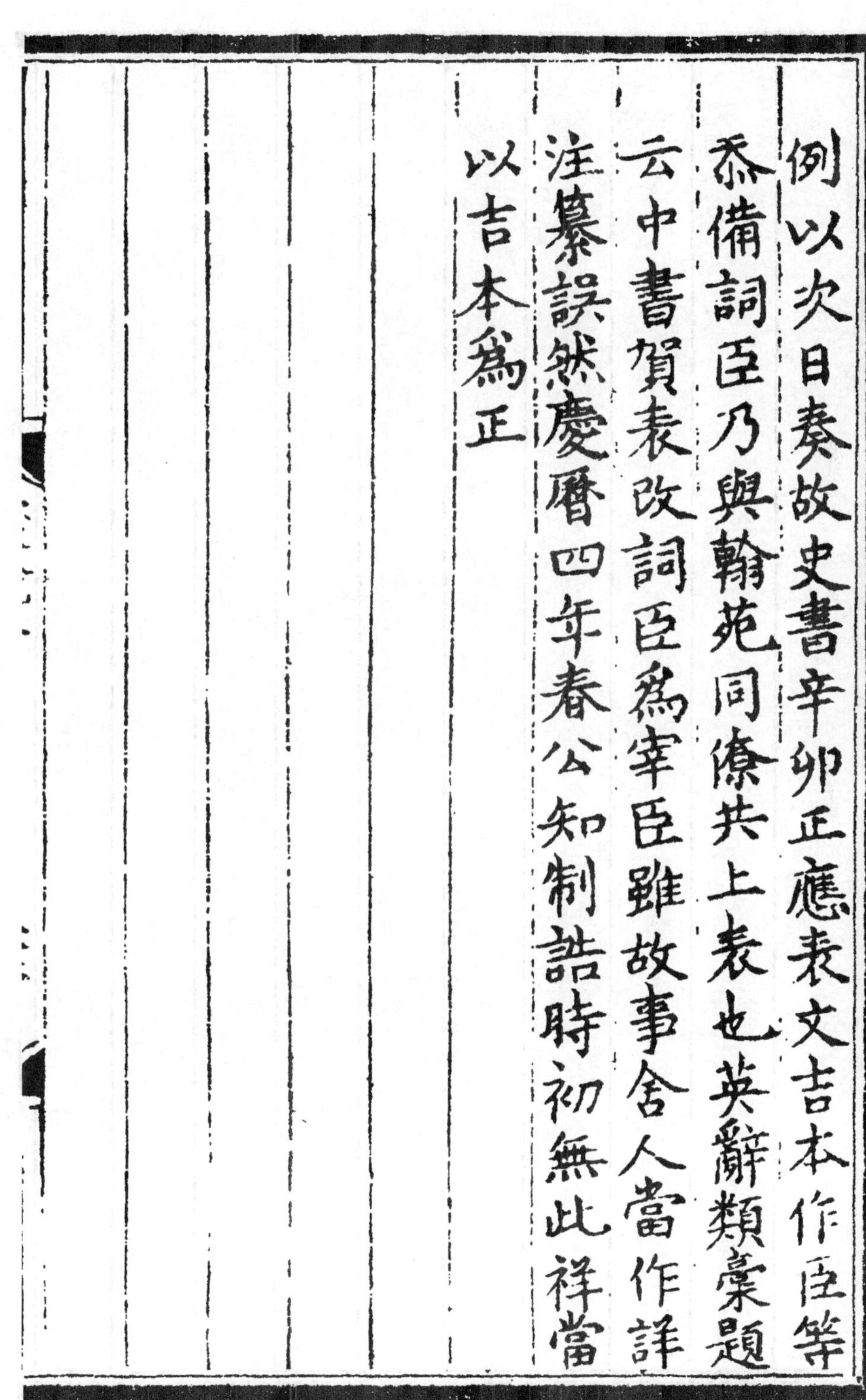
例以次日奏故史書辛卯正應表文吉本作臣等
忝備詞臣乃與翰苑同僚共上表也英辭類稾題
云中書賀表改詞臣爲宰臣雖故事舍人當作詳
注纂誤然慶曆四年春公知制誥時初無此祥當
以吉本爲正

表奏書啓四六集卷第三　歐陽文忠公集九十二

辭特轉吏部侍郎表　治平元年閏五月

受寵若驚，況被非常之命；事君無隱，敢傾至懇之誠。仰瀆高明，唯知踧踖。臣某中謝。伏念臣性姿庸近，識爲昏冥，學古自愚，非有適時之用；論材甚薄，豈堪任重之難。徒以荷先帝之誤知，自孤生而拔擢，犬馬未報，但虞填壑之有時；弓劍忽遺，遽歎攀髯之莫及。而屬皇明繼照，聖治惟新，送往事居，雖策疲駑而自勵；進思退補，未知罪戾之所逃。至於貪踰分之寵榮，冀無功之爵賞，非惟愚慮所不敢及，顧有公議其將謂何而甫兹彌年再以增秩方命書之始下駭群聽以生疑此臣所以剖瀝肺肝不能自止彷徨夙夜莫獲偷安伏望皇帝陛下回日月之餘光廓乾坤之大度察其悃愊（一作迫）假以矜寬雖成命已行國體當嚴於出令而從人之欲天高幸或於聽卑特收渙汗之恩以息諠譁之論庶安常業誓畢愚衷

再辭轉官第一劄子

臣此者伏蒙聖恩特除臣吏部侍郎依舊居職臣早來獲對天顔雖略具陳述退而循省未盡懇誠伏念臣本以常材誤蒙任使問其所職則皆朝廷之大事

較其成効則無尺寸之可稱外惟碌碌以隨人内則區區而自守當陛下聖政惟新之始勵精求治之時雖天度包容未加斥罷而臣心自揣常負驚憂豈謂宜黜而升當責而賞非惟臣自知不可顧於物論其謂如何况自去年陛下即位之初均慶之典臣已首叨遷秩今來恩命實出非常在臣之愚難以自處欲望聖慈矜察特賜寢停今取進止

第二劄子

臣今日伏蒙聖慈差中使傳宣令於後殿告謝臣與趙槩等遂詣垂拱殿門請對欲再具敷陳續奉聖旨

須管便受告勑臣以聖駕已起君命甚嚴惶惑之間不知所措雖已受告勑尋於延和殿得對已曾瀝懇備述聖恩非次義實難安蓋以無功受賞者衆以爲非若竊事爲功則罪又大矣伏以陛下承先帝已定之命入繼大統此天人之意也而即位之始偶因過哀致違和裕既而勿藥有喜聖躬清寧蓋由宗社神靈顯此異事欲彰皇天眷祐陛下使不由人力而致康復而臣今乃貪以爲功坐獲厚賞此臣所謂於義難安者也至於陛下未親庶政之間中外幸得無事此有宋百年四聖相繼威德在人顧臣等輩有何施

設過蒙膺奬以比疇勞況臣猥以庸材參聞國政上所賞罰臣職奉行若羣臣之間有功狀不明迹涉僥倖尚當裁抑以絶濫恩而臣乃自貪寵榮以速議論此臣所以區區不能自已也故聖恩雖極優異而臣不免屢瀆天聽（一作聰）伏乞早回聖斷追寢成命俾臣獲安常分以息羣言今取進止

第三劄子

臣今日伏蒙聖慈差入内高品陳日新至中書傳宣令臣繫新除官臣尋與曾公亮等具劄子奏乞候來日覆奏伏緣此來恩命出於非常臣與韓琦等進退

惶懼夙夜思惟雖君恩至優違則有咎然事體所繫義有難安所恃者睿聖聰明必察臣等懇誠之至聖心寬恕不以臣等屢黷爲煩欲望天慈省閲臣等前後所陳事理曲加裁擇特賜寢停免於此四方旱灾百姓嗷嗷之際是臣等合被責之時濫受非次之賞則臣不勝幸甚臣誠迫意切言不成文干冒冕旒伏俟誅殛令取進止

謝特轉吏部侍郎表

驟膺渙渥備瀝愚誠雖至辭窮罔避煩言之爲黷重乎令出莫回成命於已行祗受以還驚（一作兢）惶失節

臣某中謝伏念臣學不通於元本材不足以經綸但知守拙以爲忠每務師心而自信徒以遭逢先帝拔自衆人久參侍從之聯遂玷機衡之貳而屬大横啓兆嗣統曆期方初政之清明思百度之脩理内量譾薄實憂以聖而責愚矧迫衰殘方念乞身而告病不謂皇慈曲被寵數屢加當覃大慶之初已無功而冒賞曾未踰年之久復進秩以叨榮此蓋伏遇皇帝陛下聖政惟新用人務廣謂才難於求備思悦使以忘勞憫其勤劬錫以優洽雖榮踰於望表亦寵與其憂并誓殫犬馬之微少答乾坤之造

乞外任第一表 治平二年正月二十三日上 二十五日批答不允

臣某言：臣聞事君以忠，本期盡瘁；不能者止，亦貴自知。敢傾悃愊之誠，仰瀆高明之聽。臣某中謝。伏念臣本由寒素，偶踐科揚，秖希干禄以養親，敢冀逢時而見用。蓋以腐儒章句之學，豈堪王佐之材；童子雕篆之文，固異賢人之事。而誤蒙眷奬，俾貳宰司，訖無豪髮之可稱，常懼滿盈之必覆。加以年齡迫於衰晚，氣血損於憂傷，惟兩目之舊昏，自去秋而漸劇，精明晻藹，瞻視茫洋，冬春以來，職業多廢。當聖君求治之始，是群臣宣力之時，自嗟犬馬之微生，遽先疲乏，惟恃乾坤之大度，曲賜含容，雖未責於曠官，亦難安於尸祿。與其坐待於彈劾，豈如自乞於哀憐。伏望推天地之恩，回日月之照，察其愚直，不敢矯誣，許辭政事之名，假以州符之寄，則臣不止偷安而養拙，亦將自療以求痊，尚冀昏瞳之復明，會圖後效而論報。

第一劄子

臣所有誠懇，昨日獲對便坐，已具敷述。蓋臣自去年八月喪一女子，凡庶常情，不免悲苦，因此發動十年來久患眼疾，又爲老年全服涼藥，不得自深冬已來氣暈昏澁，視物艱難，接此春旱，陽氣上攻，遂至大段妨事然臣愚心秖欲俟壽聖節隨班上壽一展臣子之誠以爲榮幸然後懇求罷去所以勉彊遷延至今緣此是臣私故瑣屑雖臣子之於君父理當無隱然難委曲盡載表章所以先具奏陳冀蒙省察臣以非才過蒙任用使其聰明彊健猶懼不能稱職況此衰病何以堪處昨日雖面奉聖旨令且未要入文字蓋臣迫於情懇退不自安今已具表陳乞伏望聖慈哀許今取進止

第二表正月二十六日上二十九日批答不允

臣某言臣近貢封章乞解政事伏奉批答不允者天

甚仁而溥愛人有欲而必從苟睿聽之未回由懇誠之不至敢干斧鉞再瀝肺肝臣其中謝伏念臣學不通經材非適用徒以遭逢亨會進冒寵榮一玷機衡五遷歲律伏遇皇帝陛下握圖撫運嗣統當天覽決萬事則堯舜之聰明愛養群生則禹湯之勤儉賢材並進聖治惟新臣於此時得與大政何脩何飾而可以稱職旅進旅退而莫知所爲已慚廊廟之訏謨既無遠略惟有簿書之瑣屑尚可宣勞而若此雙瞳莫能久視眊然終日兀爾尸居上無以副人主之憂勤下無以伸臣子之報效久而不去罪則奚逃此臣所

以夙夕彷徨難安自默者也伏望皇帝陛下曲回天聽少軫皇慈念臣日侍冕旒察臣心非木石禄位者人情之所顧惜孰肯妄辭筋骸者物理之有盛衰不能無之哀其可憫寬以不誅俾諧得請之恩當識謝生之所

第二劄子

臣受國厚恩叨與機政材識庸下不能有所補報上賴聖君含垢未即斥去而又不思勉彊竭力以脩職業輒以衰疾自陳欲圖安便重煩聖念特降中使傳宣賜以訓誨丁寧切至而又頑然未即聽從在臣之

罪可誅者非一臣以方具表陳乞理當闔門俟命不得進見闕庭面陳悃愊臣聞自古君臣去就之際與今不同蓋昔之公卿解職便歸田里其朝居君側暮已絶於朝廷所以臣重去其君君亦難其臣之去然猶去者相繼今則不然凡辭職任者皆不去禄仕或優游侍從之班或出守藩要之地豈爲避寵辭榮乃是免勞就逸實人臣之僥倖也况如臣者尸禄終日無勞可均實以兩目俱昏是十年舊疾自去秋發動日益昏澁看讀文字艱難夏憂慮職事曠廢有悞國家所以敢布懇誠乞憐君父冀一閑僻處將養三二年

戠目復清明却乞一邊遠繁難處展効乃是臣自爲俛倖之計與辭榮避寵者不同欲望聖慈不以爲難早賜恩許令取進止

第三表正月二十九日上二月二日批答不允

臣某言近上表章乞解政事伏蒙聖慈再降批答不允者臣聞事君以忠信爲本立朝以進退爲難惟不自疑乃能取信於上苟無大過庶幾善退其身昔之爲臣全此者少今臣遇聰明之聖主固不自疑荷保庇之寬仁幸無大過是以敢因疾病直露情誠而封章屢陳俞旨未賜臣竊謂日月之明無不照豈不諒

臣之乃心得非天地之恩有所憐未忍許臣之遽去在臣自揣何以克堪豈合更此多言上煩宸聽所難遂默蓋切懇私臣其中謝伏念臣以中下之才被非常之任日詣進見則蒙眷待之優隆退接同寮則絶纖毫之間隙自可安然樂職亦復何所憂危況千載一遇者盛時之難逢高秩厚禄者常情之貪得苟非迫於衰病豈敢固自欺誣伏望皇帝陛下曲軫睿慈俯哀愚款念其蒲柳質易朽而先衰譬若馬牛力已疲而則止賜其如請恕以苟安則臣刮膜祛昏尚冀清明之來復捐軀殞命終圖報效於餘生

爲雨水爲災待罪乞避位第一表治平二年八月

臣某言：臣聞任非其人，則官必曠職；時多闕政，則天爲降災。惟讎征之有歸，難僥倖於獨免。臣某中謝。伏念臣本以庸妄，遭逢盛明，擢貳宰司，與聞國論，不能叶宣上德，輔導至和。頻年已來，害氣交作，春飢已甚，饉疫相望，秋潦暴興，覆溺無數。下致生民之愁苦，上貽聖主之焦勞，臣獨何心，安於厥位？舉朝廷之典法，使合黜幽；類覆燾之寬仁，尚容自劾。伏望皇帝陛下特回天造，俯察愚忠，俾解政機，推行憲罰，以塞上穹之降責，以警廢位之脩官。然後別選儁賢，俾居參輔

益圖更化之術上副求治之心自然人神以和災異咸弭不惟臣適其分亦俾國無屈刑

第二表

臣某言近以雨水之變上表待罪蒙降批答不允者上天告戒比屋罹災虔思消異之方願避進賢之路特迂聖訓未諒愚誠退自省循豈遑安處臣某中謝伏以天人之相去不遠見於事者若響之應聲賞罰之至要易知舉其大則以一而警百是以政有得而有失則災祥以類而來官若成而若虧則黜陟以時而舉伏念臣猥由遷陋進冒寵榮一貳政機五更歲

律相府之事無不揔既皆得以與聞斯人之居不聊生欲於何而歸咎寧朝廷之委任貽君父之憂勞此而不誅何以勵衆伏望皇帝陛下奮然睿斷赫以皇明理其曠敗之愆正厥經常之法置之散地全以寬恩誓堅犬馬之心終效涓埃之報

第三表

臣某言近以雨水之災再上表待罪蒙降批荅不允仍斷來章者陰沴干時聖心軫慮明詔一下群臣震惶況居任責之司敢爲幸免之計臣某中謝伏惟皇帝陛下自膺眷命光紹丕圖揔覽萬機之繁講求三

代之治旰不遑食勵文王之小心行之以勤躬伯禹之盛德固已生民受賜品彙蒙休宜召至和以來嘉應而善氣未效時災荐臻惟天聰明異不虛出示人警戒咎必有歸所以三事之臣連章瀝懇況臣最爲濫竊尤玷寵榮方平日以尸居不知引分及敗官而宜罰其敢逃刑伏望皇帝陛下俯抑至慈深思大譴退其不肖以爲脩政之先不以空文庶得應天之實

再乞外任第一表 治平三年三月二十四日上 二十七日批答不允

臣聞忠以事上雖見義而必爲力有不能則知難而當止是惟臣子進退之分寔繫國家利害之機則其

居也敢懷竊位之安其去也豈止全身之計輒殫拙訥上黷高明臣某中謝伏念臣本以庸妄出於孤平一作單學不通方識非慮遠徒以遭逢先帝誤被聖知擢自諸生俾參大政伏遇皇帝陛下膺期出震繼統當天方聖政之惟新思群材而並濟臣以衰遲之朽質久當機要以妨賢有守經泥古之愚無應變適時之用考於外論早合黜幽伏蒙皇帝陛下廓大度以兼容謂衆惡者一作之必察特加庇覆俾獲保全固當勉勵疲駑誓圖報效而臣量盈器極禍過災生兩目眊昏積年舊苦中消渴涸新歲所加精液銷澌志與

神而並耗筆膚朘削氣將力以俱殫臣若猶殭殘骸竊貪厚祿坐取敗官之責上累知人之明苟以此致興於人言則乃是可畏之公議異夫誣謗難復主張此臣所以深自揣思敢陳悃迫一作愊伏望皇帝陛下曲回睿眷俯察愚忠念其獲親日月之光頗歷歲時之久居常碌碌曾莫異於庸言一有紛紛遂獨當於衆怒尚乏周身之智豈堪爲國之謀因其自訴於病衰幸俾獲逃於罪戾退之散地得盡餘齡則臣永荷天地之恩敢忘犬馬之報

乞出第一劄子

臣昨日獲對便坐，輙述懇私，乞解政事之任，緣臣疾患累日，氣血虚乏，頭目昏眩，不能久立，不得久侍天顔，悉陳悃愊。伏自濮園之議既興，言事之臣荒唐不學，妄執違經非禮無稽之説，耻於不用，不勝其忿，遂厚誣朝廷，借以一作臣爲名，因乃一作以肆言訕上，指臣爲姦邪首議之人。陛下至聖至明，洞見中書與兩制所議本末，察臣無罪，曲賜保全。而呂誨等附下罔上，語言悖慢，無復君臣之禮，以至斥黷毋后，非毁詔書等事，陛下皆屈意含容，不加顯戮，止於退罷而已。及詔定濮王典禮，不如誨等所誣，既又詔牓朝堂，諭以本末由是中外釋然凡素爲誨等誣誑衒惑之人皆識朝廷本意但恨曉諭之晚今則是非已正曲直已分臣所被誣亦已獲雪然則更何所辨豈合有言而臣義有不得已者蓋以執政之臣天下之所瞻望朝廷以爲重輕若其名譽烜赫非止一人之榮乃是朝廷之光也其或身名毀辱非止一人之辱乃是朝廷之辱也昔唐文宗甘露事後小人用事宰相李石爲其所惡乃遣盜殺之不中而斷石馬尾石遂求罷文宗雖知石賢相可惜亦不得已而罷石爲荆南節度使蓋顧國體當爾也今臣固無李石可惜之賢而其

所被毀辱者何止斷馬尾而已呂誨等連章累疏惡言醜詆陛下爲臣愛惜留中而不出誨等自寫章疏宣布中外令閭巷之人皆能傳誦雖誨等急於賣直取名肆其誣罔不暇惜國體而自爲傳播如臣者豈合彊顏忍恥猶安厥位使天下何所瞻望凡臣所貪以爲榮者乃朝廷之辱也由是言之臣豈得已哉使臣無疾病猶當懇自（一作白）引去況臣不幸適值自春來痟渴不止昨日面奉德音陛下悉已知臣所苦聖恩憫恤爲之惻然伏望陛下特賜除臣近京一郡俾養衰殘則臣未死之間誓當別圖報効今取進止

第二表三月二十八日上，四月三日批答不允

臣近貢封章，願還政事，伏蒙聖慈特降批答不允者。臣聞愚誠雖微，而苟至可以動天；大仁博愛而無私，未嘗違物。敢殫懇悃，再冒誅夷。臣某中謝。伏念臣智識非精，器能甚淺，稟生奇薄，自少嘗履於艱虞；雖處困窮，所守粗知於名節。而自早蒙擢用，思奮猷爲，不善自謀，遂致怨仇之積；困知避禍，屢觸陷穽之機。先皇帝深察孤忠，愍排群議，甄收奬進，終始保全，以至晚年，致之二府。念初無於報効，徒久玷於恩榮。逮逢神聖之嗣興，顧已衰時之三易。問其職業，曾無補於毫分聽於諠譁則不勝於詆辱猶彊尪殘之質坐懷寵祿之貪昔一作古云高位之疾顛何況千人之所指纖以恙痾之苦苶然氣血之衰藥石之功既難求於速效機政之地豈宜久於曠官伏望皇帝陛下曲軫睿慈俯哀危懇謂獻納訏謨之任已無益於明時而沮傷憔悴之餘寔難安於久處許其引避寬以優容儻後來因此以得賢則臣去猶爲於有補苟未塡於溝壑誓終竭於消埃

第二劄子

臣近再述懇誠上干天聽乞解重任伏蒙聖慈特降

批答丁寧訓誨未賜允俞臣本庸材不堪大用遭逢聖主誤被奬知陛下急於求治取信輔弼言無不從臣於此時不謂不得君不謂不得位而智識駑下初無補報既不能建明大義鎮遏群言又不能和會衆心叶于一德遂致浮詞異論中外諠譁惟務含胡無一言以辨正但欲因循苟於無事以此養成群小誣謗聖朝上則煩黷睿聰下則自取身辱雖陛下閔臣拙直衆怒獨當察臣暗愚不識陷穽然臣拙於謀身不堪任用已驗如此可黜不疑陛下聖度寬仁曲加保庇以爲簪履舊物不忍一旦棄捐然臣夙夜彷徨

不能安於自處者蓋以朝廷輕重繫在大臣若大臣望重則朝廷尊大臣望輕則朝廷不重大臣望輕猶爲不可何况惡言醜詆毁辱百端令豺狼當路姦邪在朝之語下傳閭巷外播四夷以是而言何止望輕而已陛下有臣如此豈不爲朝廷之辱哉雖陛下至聖至明察臣無過臣能自信無愧於心而中外之人不可家至而户曉百辟之瞻望衆人之譏誚臣亦何顔以處之與其負慙俛首以見縉紳孰若乞身遠去少避指目是則聖恩許臣解罷俾臣稍獲便安乃是臣居位也以榮爲辱其去也以黜爲升惟望天慈曲

從人欲令臣已上第二表伏望聖慈曲從人欲除臣蔡亳一州差遣

第三表（四月初四日上　初七日批答不允斷來章）

臣近以疾患自陳乞解重任伏蒙聖慈再降批答不允者坐貪國寵既以難安仰叫帝閽期於必達臣某中謝伏念臣早緣幸會親遘休辰以一經之腐儒參萬機之密論違時背俗速謗招尤雖無獨立弗懼之明粗懷可殺不辱之節所以彊顏忍耻不知軒冕之榮加之多病久衰難勝筋力之任近從去歲益以中乾渴如鼴鼠之飲河喘若吴牛之見月多言外喋衆

疾內攻心已自危豈足當於謀慮力雖欲彊幾或（一作不）至於踣顛方奮銳於壯時猶無可道追摧傷於晚節亦復何堪雖幸聖君容覆之恩豈逭神理滿盈之罰苟不知退其將殞生伏望皇帝陛下推天地之私回日月之照察臣粗識廉恥閔臣遽此衰疲丐以一州俾從素志如此則力排群議已荷於保全遂養殘生更繫於亭育雖同草木之賤尚識造化之仁

第三劄子

臣近以疾病乞解重任除一蔡亳州差遣已三上表及兩具劄子陳述伏蒙聖慈累降批答不允斷來章

者臣竊伏思惟臣之披瀝肝血祈天請命之懇其説甚詳而其誠至矣陛下每降荅諭丁寧奬勗所以過賜優待臣之恩禮亦已至矣而臣不能仰遵聖訓力疾就職而猶更哀鳴上煩天聽者蓋臣義不獲已與近日韓琦曾公亮胡宿等從容於進退者事體不同也臣以非才被任違時忤衆自招謗怒不容其身今上自朝廷下至閭閻巷陌遠洎四海外及夷狄皆能傳呂誨等章疏矣其罔誣醜詆之語莫不能道之矣而臣以顧惜國體既不當更與誨等辯正便合引避去位而以是非曲直付之公議乃爲合理昔漢世大

臣有被誣以罪者例不對理陳寃蓋其人或遂廢黜或被刑誅所以更不自辨可矣未有論議喧沸不自辯明而頑然自安其位者也今朝廷處臣者何位任臣者何事所繫事體者如何而誨等詆臣者何語臣其可安處此位者乎昨濮園之議自手詔告示中外後凡中書論議本末邪正及誨等加誣詆訕等事皆已幸蒙辨正矣惟臣所被邪謀首議姦諛徼寵之惡名既不能自辨若又不識廉恥頑如木石遂安其位陛下謂有臣如此其可當國家之大任乎此臣所以夙夜思惟誨等詆臣者諛佞希榮寵耳故惟有懇辭

重任遠避寵榮，乃可以塞小人之口。然則陛下聖恩一許臣罷去，是爲臣辨誣謗、全名節，其賜臣者多矣，厚於賜以高秩重禄萬萬也。臣幸蒙陛下知獎久矣，臣之心迹，聖鑒昭然，洞見表裏，此臣不當復言。臣所謂辨誣謗、全名節者，爲中外之人不可家至户曉者爾。蓋非早自引去，無以塞誣謗臣者之口也。夫爵禄，朝廷所以寵臣下也，使身心安泰、名譽光顯者居之，則不勝其榮也；若毀辱媿耻、憤悶憂鬱者居之，適足爲苦耳。伏望聖慈察臣哀切懇迫之誠，不以臣比從容於進退者，特許臣解罷政事，除臣一外任差遣，則

臣雖死之日猶生之年今取進止

第四劄子

臣近以疾病乞解重任已具劄子罄述懇私更不敢重疊叙陳上煩天聽臣以非才誤膺奬任存之既無所惜去之何足可恩然而不早罷去此乃陛下至仁至慈憐臣衰殘不忍遽一作遂便棄捐務欲退人以禮今臣表章劄子各已三上伏蒙三降批荅丁寧訓勗未即允俞中外之人皆知陛下曲意留連恩禮已足伏乞出自宸斷早賜恩許除臣一外任差遣

第五劄子

臣昨日獲對威顔備陳懇迫而言意拙訥不能感動
愚誠雖切天聽未回夙夜省循莫遑安處臣本庸材
不足比數然而職所任者國政身所繫者國體而遭
羅誣枉毁辱百端既不自辨明便當引去加以年齒
凋耗疾病侵凌豈可勉彊衰殘不知廉耻此臣所以
披肝瀝血干冒誅夷不能自止者也再念臣材識薄
下過蒙陛下奬用固當奮發事業粗立功名上報君
恩次雪身辱然臣出入二府已七八年迄無一言建
明一事可採以前日之碌碌如此可知後日之無所
爲也若終於尸禄偷安苟貪榮寵不惟上辜委遇實

亦自負初心蓋材力短長固有不能勉彊若進退名節尚可自擇前世人主之待其臣也事非一端或高其行義不奪其志或許其閑退俾自安全不必悉以高秩厚祿但曲從所欲便是君恩伏望聖慈察臣悃愊特許臣所乞則臣未盡之年尚知論報今取進止

辭覃恩轉左丞表（治平四年正月神宗登極二月上）

臣某言伏奉制命蒙恩特授臣行尚書左丞依前參知政事加階食邑食實封及賜功臣者澤施無外雖務極於汪洋寵至若驚實難安於啓處敢傾拙訥上黷高明臣某中謝伏念臣本以妄庸早由平進一經

之學乃自守之迂儒十駕其駑終不堪於遠用徒以旦暮千載遭逢兩朝擢貳鈞衡坐淹歲月國恩未報但虞塡壑以遺羞金鼎已成豈謂攀胡之莫及幸遇皇帝陛下重離繼照正統當天萬物覩而咸忻大號渙其均慶致兹孱朽亦玷光華然夫位高而疾顛者是亦其勢然器滿而必覆者蓋由於量過敢忘戒懼誠迫懇私伏望皇帝陛下特軫睿慈俯矜愚守當萬機之新政收厚賞於無功則臣雖蒲柳之易（已一作）衰尚冀涓埃於後效

謝覃恩轉左丞表

臣某言云云大慶均行霶流而甚渥鴻恩曲被俯僂以無容臣某中謝伏念臣性質迂愚器能淺陋言不足以備典謨之奥學不足以通治亂之原徒以早荷兩朝之誤知拔自孤生而奬用疲駑雖一作難勉訖無補於毫分歲月屢遷猶坐貪於寵禄方懼黜幽之典敢希冒進之榮此蓋伏遇皇帝陛下光紹寳圖惟新聖政繼離明而大照推乾施以無偏致此妄庸首霑渙汗臣敢不退思警懼益勵衰疲感風雲際會之難依日月光華之末少圖後効兾盡夙心

表奏書啓四六集卷第三

紹熙三年十月承直郎丁朝佐編次

郡人孫謙益校正

辭吏部侍郎表

幸或（一作或幸）

第三劄子

夙夜（一作夙夕）睿聖（一作睿聽）

乞根究蔣之奇彈疏劄子 治平四年二月

臣近因誤於布衣下服紫襖，爲御史所彈，臣即時於私第待罪。蒙聖恩差中使傳宣召入中書供職。今竊聞蔣之奇再有文字誣臣以家私事，臣忝荷國恩，備員政府，横被汙辱，情實難堪。雖聖明洞照，察臣非辜，而中外傳聞不可家至而户曉，欲望聖慈解臣重任，以之奇所奏出付外庭，公行推究，以辨虚實，顯示多方。取進止

再乞根究蔣之奇彈疏劄子

臣昨日曾有奏陳爲臺官將之奇誣奏臣以家私事乞以之奇所奏出付外庭公行推究以辨虛實未蒙降出施行臣夙夕思惟之奇誣罔臣者乃是禽獸不爲之醜行天地不容之大惡臣若有之萬死不足以塞責臣若無之豈得含胡隱忍不乞一作與辨明伏況陛下聖政惟新萬方幽遠咸仰朝廷至公不疑爲辨曲直而臣身爲近臣忝列政府今之奇所誣臣之事苟有之是犯天下之大惡無之是負天下之至寃犯大惡而不誅負至寃而不雪則上累聖政其体不細由是言之則朝廷亦不可含胡不爲臣辨明也大抵

小人欲中傷人者必以曖昧之事貴於難明易爲誣汙然而若以無根之謗絶無形迹便可加人則人誰不可誣人人誰能自保欲望聖慈特選公正之臣爲臣辨理先賜詰問之奇所言是臣閨門內事之奇所得必有從來因何彰敗必有蹤跡據其所指便可推尋盡理根窮必見虛實若實則臣甘從斧鉞若虛則朝廷典法必有所歸如允臣所請乞以臣劄子并蔣之奇所奏降出施行

乞罷政事第一表

臣某言臣聞事君之節雖盡瘁以爲期量力而行有

不能而則止敢黷蓋高之聽瀝陳至悃之誠臣其中謝伏念臣本出羈單粗知業覆逢右文崇學之代竊並群英之遊當好問納諫之朝獲從諸老之後遂蒙奬用叨貳機衡幸四海之無虞得容尸素荷三聖之殊遇特察孤忠坐貪寵禄之榮不覺歲時之久而餘齡嚮晚百疾交侵四體癯羸甚已衰之蒲柳雙瞳眊稽[illegible]不辨於騧驪頃自去秋累陳愚款先皇帝惻然垂閔慰以恩言許至新年俾解重任萬乘之仙遊忽遠孤臣之素願莫從方今聖統嗣興皇明繼照人神胥悅中外晏安顧無避事之嫌敢遂乞身之請伏望

皇帝陛下特回睿眷俯察懦衷念孤根之易危哀小器之難用置之閑處賜以保全如此則天地之仁曲從於物性犬馬之報尚識於主恩

又乞罷任根究蔣之奇言事劄子

臣爲臺官蔣之奇誣奏陰私事已具劄子乞差官根究明辨虛實伏緣臣見任政府在於事體理合避嫌欲望聖慈先罷臣參知政事除一外任差遣臣既解去事權庶使所差之官無所畏避得以盡公根究臣竊慮朝廷未明虛實不欲直以此事罷臣職任臣已別具表章伏乞早賜施行

神宗御札 治平四年二月二十四日差中使朱可道賜

春寒安否前事朕已累次親批出詰問因依從來要

卿知 付歐陽脩

謝賜手詔劄子

臣伏蒙聖慈差内臣朱可道傳宣撫問仍賜臣手詔委曲慰安臣孤危之迹横爲言事者誣以莫大之罪自非遭遇聖明特爲窮究則當爲寃死之鬼然事出曖昧上煩天造累行詰問必見蹤由臣仰恃聖君在上内省于心必冀終獲辨雪臣無任捧詔涕泗感天荷聖激切屏營之至謹奏

乞詰問蔣之奇言事劄子

臣近爲蔣之奇誣奏臣以陰私事前日再具劄子乞詰問之奇自何所得因何蹤跡彰敗乞差官據其所指推究虛實伏緣之奇所誣臣者乃是非人所爲之大惡人神共怒必殺無赦之罪傳聞中外駭聽四方四方之人以謂朝廷執政之臣犯十惡死罪乃曠世所無之事皆延首傾耳聽朝廷如何處置惟至公以服天下之心若實有之則必明著事迹暴揚其惡顯戮都市以快天下之怒若其虛妄使的然明白亦必明著其事彰示四方以釋天下之疑至如臣者若實

有之則當萬死若實無之合窮究本末辨理明白亦不容苟生若托以曖昧出於風聞臣雖前有鼎鑊後有鈇鉞必不能中止也以此言之繫天下之瞻望繫
朝廷之得失繫臣命之死生其可忽乎其得已乎伏乞以臣所奏詰問蔣之奇得於何人其人所説有何事更不得徒説虛辭直具所説人姓名及所聞事狀據實聞奏臣所瀝血懇必望朝廷理辨虛實乞不留中

再乞詰問蔣之奇言事劄子

臣近累陳血懇煩黷天聽爲彭思永蔣之奇誣奏臣

陰私事乞辨明虚實伏蒙聖恩累賜詰問至今未聞
有所指陳竊以臺憲之司雖許風聞言事然所謂風
聞者謂事不親見而有聞於他人耳然其説必有其
人其人必有姓名若所聞小事則有不足論若所聞
大事繫人命之死生則必須審問所説之人事狀虚
實然後可以上言況之奇明列章疏伏地頓首堅請
必行若不明見事狀審知虚實豈敢果决如此及朝
廷窮究又却不指定所聞之人姓名亦不明言有何
事迹但飾遊辭無所的確葢之奇初以大惡誣臣期
朝廷更不推究便有行遣及累加詰問遂至辭窮也

不然思永之奇懼見指說出所說人姓名後朝廷推鞫必見其虛妄所以諱而不言也臣忝列政府動繫國體不幸枉遭誣陷惟賴朝廷至公推究別證虛實使罪有所歸則臣雖死之日猶生之年也臣竊慮朝廷須所說人姓名思永之奇無事指說必以朝廷拒諫爲言此乃辭窮理屈而妄說也臣謂若朝廷聞言事不行則是拒絶言者今以所言事體不可直行須當根究虛實乃是用臺官之言即須行遣爾豈足爲拒諫也

封進批出蔣之奇文字劄子

臣以拙直受恩兩朝惟以至公之心爲報國之効凡於親舊不敢有纖介阿私是致怨怒臣深者造爲飛語誣臣以家私陰事是人倫之大惡所以語駭人聽易於傳布竊以言事之臣謂之天子耳目之官本期裨益聰明若聞外有怨家仇人造作飛語中傷執政之臣正當奮然嫉惡爲臣根窮起謗之人辨别虚實明其誣罔使後來凶人不敢陰害良善以彰朝廷之明此乃言事之職今思永心知事無實狀而不能爲臣辨明反碌碌隨衆騰口摇舌蔣之奇專用怨仇人飛語便以虚爲實上惑聖聰及至朝廷再三詰問須要

事實則各不能明指一人之言明陳一事之埸思永既云無實狀則知虚妄可知之奇則飾游辭謂風聞於衆且臺官雖許風聞而朝廷行事豈可不辨虚實大凡可駭之語易於傳布假如怨仇之人有誣大臣以叛逆不道者飛語一出則必騰口相傳豈可便以傳聞之衆致大臣族誅如此則爲大臣者終日恐懼彌縫不暇何敢盡公行事以身當怨而一夫之怒飛語騰出可以摇動朝廷則正人端士不立足矣以此言之則思永之奇專用風聞惑亂聖聰爲耳目之官罔上欺君其害豈細今閭巷小民有罪猶須證驗分

明察節圓備方可行刑之奇言臣死罪未明虛實豈
可含胡伏乞朝廷以至公之明必爲分别令事理窮
盡止於兩端不過虛與實而已實則臣當死虛則之
奇安得無罪使事實而臣不死不足以顯之奇之言
使事虛不罪之奇不足以雪臣之寃枉臣非敢固惜
名位不自引去但以寃若不得雪則身是罪人朝廷
自當行法豈容臣自引退若虛則幸望朝廷辯别分
明使中外之人知臣無罪然後可以容臣自陳引去
臣初乞朝廷差官根究虛實故當乞解權任以避嫌
今既蒙朝廷直行詰問故臣合杜門俟命乞不留中降出施行

乞辨明蔣之奇言事劄子

臣先於慶曆中擢任諫官，臣感激仁宗恩遇，不敢顧身，力排姦邪，不避仇怨，舉朝之人側目切齒，惡臣如讎。適會臣有一妹夫張龜正前妻女，嫁臣一踈族不同居姪晟，於守官處（所一作）與人犯姦，是時錢明逸爲諫官，遂言臣侵欺本人財物，與之有私。既蒙朝廷置獄窮勘，並無實狀，事得辯明，而當時執政之臣惡臣者衆，其陰私事雖已辯明，猶用財物不明，降臣知滁州。今惟趙槩知此事甚詳。若非仁宗至聖至明，察臣無辜，爲臣窮究，則臣豈復更有今日，仁宗豈有用臣至此今臺官方舉前事彈錢明逸陷害良善不意蔣之奇自又劾尤欲望朝廷特加裁察若以蔣之奇所對語無事實知其虛妄乞早賜明告中外以辨臣冤若猶疑於虛實之間則乞更加盡理推窮辯正

再乞辯明蔣之奇言事劄子

臣近以蔣之奇誣奏臣家私事乞賜辯正杜門俟命今已多日雖蒙朝廷累賜詰問之奇則但云得自彭思永而思永又云事無實狀是曖（一作譪）昧之言若此便欲加臣十惡大罪雖州郡小民犯罪官司斷獄必未敢便斷其死臣孤拙無黨特被兩朝眷遇忝列政

府橫被小人誣以禽獸不爲之惡本因臣以至公報國以身當怨不徇親黨阿私至多積仇怨造作飛語中傷而以忠取禍之竒乃以虛爲實欺天罔上及至朝廷詰問則辭窮理屈並無實狀指陳至於彭思永亦自言曖（一作譌）昧無實各自乞罷去若臣果有實狀何故惜而不言何故自言無實狀而自乞罷去以此見思永之竒專欲以曖（一作譌）昧之事惑亂聖聰使臣不能自辯冀望朝廷更不辯明便以風聞行法況聖君在上公道方行臣必不能枉受大惡之名當舉族碎首叫天號寃仰訴于闕庭必不能含胡而自止當

陛下聖政惟新之日使執政之臣守闕號冤固知非
朝廷美事然臣以惡名不可虛受將不得已而爲之
期於以死必辯而後止臣無任懇血哀號激切之至
取進止

神宗御札三月四日差中使朱可道賜

春暖久不相見安否數日來以言者汚卿以大惡朕
曉夕在懷未常舒釋故累次批出再三詰問其從來
事狀訖無以報前日見卿文字力要辯明遂自引過
今日已令降黜仍出牓朝堂使中外知其虛妄事理
既明人疑亦釋卿宜起視事如初無恤前言賜歐陽

脩

謝賜手詔劄子 同日

臣今日伏蒙聖慈差中使朱可道傳宣撫問賜臣手詔爲言者汚臣以大惡已令降黜仍出牓朝堂令中外知其虛妄勑臣宜起視事如初無恤前言者臣捧讀感咽不知涕泗之横流竊伏自念天地父母能生臣身不能免臣於憂患陛下神聖聰明無幽不燭察臣孤危辨臣寃枉使臣不陷大惡得爲完人至德大恩過於天地父母萬倍則臣餘生之命是陛下所延之命今日之身是陛下再造之身雖盡此命捐此身

亦不能上報至德大恩之萬一而臣又有大罪者蒙
國寵榮忝居重位處危機之地而自任拙直不防禍
患怨仇所積謗怒交興當陛下即位之初外有機政
之繁内有孝思感慕之戚於此之時致言事者以陰
私之惡醜穢之言上黷聖聽煩陛下晚夕在懷爲臣
親加詰問特賜辯明臣之此罪何以自贖捫心内省
何以自安臣無任感天荷聖慙懼涕泗激切屏營之
至臣已依詔旨來日詣閤門祗候入見莫面天顔别
陳血懇次

乞罷政事第二表

臣某言臣近貢封章乞解職任伏奉　批答未賜允俞者臣聞高而必危蓋處易傾之勢滿則招損實存至戒之言敢再瀝於懇私輒自干於斧鉞臣某中謝伏念臣本以庸妄出於遭逢誤被國恩俾參政論材非適用而當重任之難智不周身而履危機之地既不能於阿徇故多積於怨仇謗怒之興紛紜靡一所恃者聖君在上公道方行雖構造中傷人言可畏而聰明聽察天鑒孔昭既悉辨於罔誣遂判分於枉直俾臣不陷大惡得為完人今亂國之讒已蒙於遠屏立朝之士皆保於自安則臣仰銜再造之鴻慈正合捐

軀而自效然念臣病羸之質年迫已衰寵禄之盈理難久處頃事先帝之日屢貢乞骸之言聞奉德音亦蒙恩許一麾之請素志甚勤伏望皇帝陛下撫天地之仁回日月之照閔其孤拙曲賜矜從予之一州俾自退處亦有民社可宣教條苟知盡瘁之方未失事君之節

第三表

臣某言臣近再上表乞解政事除一外郡差遣奉今月八日批答所乞宜不允者臣聞士之行已所慎者始終之不渝臣之事君所難者進退而合理苟無大

過善退其身昔之爲臣全此者少臣頃侍先帝虞陳
斯言今之懇誠蓋迫於此臣某中謝伏念臣識不足
以通今古材不足以語經綸幸逢盛際之休明早自
諸生而拔擢方其與儒學文章之選居言語侍從之
流每蒙過奬於群公常媿虚名之浮實暨晚叨於重
任益可謂於得時何嘗敢傷一士之賢豈不樂得天
下之譽而動皆臣忌毁必臣歸人之愛憎不應遽異
臣之本末亦豈頓殊蓋以處非所宜用過其量惟是
要權之地不勝指目之多周防所以覆危而簡踈自
任委曲所以從衆而拙直難移宜其舉足則蹈禍之

機以身爲斂怨之府復盤桓而不去遂謗議以交興讒説震驚輿情共憤皇明洞照聖斷不疑孤臣獲雪於至寃四海共忻於新政至於頼天地保全之力脱風波險陷之危使臣散髮林丘幅巾衡巷以此没地猶爲幸民况乎擁蓋垂襜共榮可喜撫民求瘼所寄非輕苟可效於勤勞亦寧分於内外伏望皇帝陛下曲回天造俯察愚衷許解劇繁處之閑僻物還其分庶獲遂於安全心匪無知豈敢忘於報效

又乞外郡第一劄子

臣前日獲對便坐已具血懇披陳爲臺官（一作臣寮）誣臣

以陰醜之事臣聞詩曰中冓之言不可道也所可道也言之醜也蓋陰醜之事君子之所深惡猶不可自道於口而況上達君父之聽汚黷朝廷驚駭中外事雖起於誣罔然本臣而發此臣所以夙夜慙懼而無地自容也伏況當陛下即政之初日有軍國萬機之繁乃以人口不道之事上煩聖慮蒙陛下曉夕在懷親批詰問再三窮究得其虛妄之狀特賜行遣曉告中外使臣大冤獲雪人疑盡釋夫辯枉直雪幽冤以釋天下之疑以快輿情之憤此固陛下神聖聰明目是新政之一事然亦因臣致勞聖慮此亦臣所以夙

夜慙懼而無地自容也秖此二事臣自循省已不能安然而上賴陛下至寬至仁必以此事是臣寮中傷臣非臣自作以紊煩朝廷以此必賜矜恕然臣有不得已而必不能處者蓋臣所以致此大謗者本出怨仇之口由臣拙直多忤於物而在位已久積怨已多若使臣頓然變節勉學牢籠小人以弭怨謗非惟臣所不能亦非陛下所以任臣之意若使臣復居于位秖如前日所爲則臣恐怨家仇人以臣不去必須更爲朝廷生事臣亦終不能安況臣一二年來累爲言者攻擊心志摧沮加以衰病所侵兩目昏暗四支胃

立顧身已如此而人情又如此亦復何心貪冒榮寵伏望聖慈憫臣之志誠可哀矣察臣之迹實難安矣特許臣解罷除一外郡則天地保全之恩何以論報臣今已上第三表伏乞早賜降出施行

第二劄子

臣近者虔露懇誠乞解政事已三上表殆今累日夙夕俟命踧踖靡遑臣竊伏自思理宜罷退者其事非一臣聞所謂大臣者必能宣布上德叶和中外使人心悦豫朝政肅清此乃輔弼之任也臣性既簡拙恥爲阿徇又復愚暗不識禍機多積怨仇動遭指目謗

怒毀辱不可勝言一二年來屢爲言事者攻擊以臣一人無日不煩君父不惟朝廷未嘗少靜而臣亦未嘗少安則臣之小（一作不）材不堪大用從可知矣臣又思朝廷每用柄臣必取人望者以其爲衆人所服故使處衆人之上也今如臣者舉必爲衆人所怒動必爲衆人所怨讒謗忌嫉叢集于一身以此而居要任者八年矣其未陷於禍敗者臣竊自惟以爲晚也所賴者聖君在上朝廷至公察臣孤危辨正誣罔使臣不罹枉横得爲完人臣於此時不自引去是不知進退矣臣竊見前世元勳舊德社稷之臣一有間隙尚

或羅於禍咎而臣能薄材劣竊位已久語其勤則勞一作功効未著於毫髮詢于衆則怨毀已積於丘山所謂衆怒難犯孤根易危豈敢與人自結仇敵昨緣思永等誣臣以大惡之名於義不可虛受若不辨於今時則無以自明於後世故臣屢乞辨理者蓋事不獲已而爲之非敢與言事者爭勝負也而自思永等得罪以來言事者固已耻於不勝若臣復處事權遷延不去彼必自疑而不安是臣下有衆人之怨嫉旁爲言事者切齒他人視之猶爲臣寒心顧臣何以自處伏望聖慈哀臣言之至懇察臣埶已難安予之一州

俾自藏縮知此則臣大寃已雪既彰新政之清明孤迹獲安又荷聖恩之優假言事者但得臣去亦稍釋其忿必無疑而安處別不爲朝廷生事則臣之一去所利甚多惟乞出自（一作於）睿斷早賜允俞

第三劄子

臣今月二十日伏蒙聖恩以臣所上第三表乞解政事特降批答不允仍斷來章者聞命以還憂惶殞越懇誠所迫欲止不能臣以非才誤膺委用歲月已久不知引避而寵禄盈滿福過災生仇怨既多謗讒（一作讒謗）大作衆情不與孤迹已危陛下既已深察（一有臣字）而

哀憐之矣臣之憂危迫切披肝瀝血之誠亦已屢瀆於天聰而陛下固已諒臣至誠至懇察臣事勢當去而無疑矣然而聖恩未忍遽許臣解罷者必以不欲令臣因言者而罷爾蓋自思永等遠竄牓朝堂告示以來中外皆知臣事已辨雪陛下至聖至明言事者不能動搖朝廷矣今臣自以懇請與言事者不復相關若陽允俞是陛下出臣於萬死之中保全其終始而使之善退也如此則臣之大寃已蒙辨雪危迹又保安全陛下天地父母之恩自非殞骨糜軀何以論報臣自上三表後已兩具劄子披陳必已蒙省覽臣

之血誠竭於是矣今更不敢煩言上黷睿聽惟乞聖慈哀憫早賜施行

謝傳宣撫問劄子 治平四年三月壬申

臣今日伏蒙聖慈差中使傳宣撫問以臣累表乞解政事之職已除觀文殿學士刑部尚書知亳州仍問臣幾日朝參者臣近以迫切之誠累形章表上煩天聽合被罪誅乃蒙睿恩曲賜矜許既特加美職又超轉官資仍假善邦俾從私便臣孤危之迹已荷保全衰晚之年猶貪榮寵但以未受新命無由入謝又蒙聖造曲賜記録丁寧慰諭趣其入見恩數優異舉族

歡呼伏緣自二十六日後前後殿不坐臣欲乞候御殿日參假冀面天顏別披血懇次

辭刑部尚書劄子 治平四年三月二十六日

臣今月二十六日伏蒙聖恩賜臣告勑各一道授臣刑部尚書充觀文殿學士知亳州臣猥以庸材久竊重任雖策勵駑蹇訖無補報而荏苒歲月漸迫衰殘所以屢陳危懇之誠上干宸造者正以顧避寵榮冀全衰朽而天私曲被恩命過優既加以美職又超轉官資臣竊尋前例參貳之職出處非一而推恩之數罕有若臣之優者況臣近遇覃慶已叨遷秩未逾兩

月恩典頻仍無功之賞度越常格非惟臣自循省莫知所措而名器所假人言謂何欲望聖慈憫臣孤拙察臣畏避寵榮之懇特許臣只以本官兼職或止轉一官庶俾少安常分臣誓竭晚節上報鴻恩今取進

止

謝觀文殿學士刑部尚書表

職清書殿寔爲儒者之榮望峻天臺仍忝刑官之重內循譾薄仰玷光華臣某中謝伏念臣稟質迂愚粗知業履因時幸會遂竊寵靈無拾遺補闕之勤常陪法從非大冊高文之手久廁翰林晚綴宰寮俾聞國

論荷三朝之眷遇無察懦衰幸四海之清平得容尸祿居滿盈而不戒積災釁以自貽屬聖統之嗣興赫皇明而繼照誣言詰服已大釋於羣疑危跡保全俾不虧於素守犬馬合思於報效桑榆奈迫於衰遲屢貢懇私上干聰睿遂蒙開允俾解繁機然而晚節餘生本期避寵清資顯秩益更貪榮被優渥之非常但凌兢而失措此蓋伏遇皇帝陛下聖神御極亭育推仁閔孤拙之勢危無容自立謂疲駑之力竭難責遠圖曲軫至慈俯從誠請仍憐舊物特示殊恩顧非木石之頑宜識乾坤之造颯然素領雖難强於筋骸皎

若丹心猶自期於塵露

進永厚陵挽歌辭三首引狀治平四年閏三月

右臣伏蒙聖恩差臣知亳州軍州事見發赴本任次伏見大行皇帝將來八月遷坐于永厚陵中外群臣咸進挽歌辭臣以非才久竊重任遭遇先帝蒙被聖知恩極昊天未知論報痛深喪考徒切攀號臣今謹撰成大行皇帝靈駕發引日挽歌辭三首謹隨狀上進伏候敕旨

亳州謝上表治平四年六月

臣某言伏蒙聖恩授臣觀文殿學士刑部尚書知亳

州軍州事已於今月二日赴上訖者貳政非才雖獲
奉身而退分符善地猶懷竊禄之慚祗荷寵靈惟知
戰懼臣某中謝伏念臣章句腐儒之學也豈足經邦
斗筲小器之量也寧堪大用而叨塵二府首尾八年
荷三朝之誤知罄一心而盡瘁若乃樞機宜慎而見
事輒言陷穽當前而横身不避竊尋前載未有能全
一昨怨出仇家構爲死禍造謗于下者初若含沙之
射影但期陰以中人宣言于廷者遂肆鳴梟之惡音
孰不聞而掩耳賴聖神之在上廓日月之至明悉究
調誣遂投讒賊再念臣性實甚愚而踈於接物事多

輕信者蓋以至誠如彼匪人失於泛愛平居握手惟期道義之交延譽當朝常丐齒牙之論而未乾薦牘之墨已彎射羿之弓知士其難世必以臣爲戒常情共惡人將不食其餘而臣與遊旣昧於擇賢在蒲不思於將覆自貽禍釁幾至顛隮上煩睿聖之保全得完名節於終始洎懇辭於重任尤深惻於皇慈雖避寵辭隆僅能去位而請資顯秩愈更叨榮莫逃僥倖之譏實負心顔之靦斯蓋伏遇皇帝陛下乾坤大度堯舜至仁察臣自取於怨仇本由孤直憫臣力難於勉强蓋迫衰殘旣獲免於非辜仍曲從於私欲遂同

萬物俾無失所之嗟未盡餘生敢忘必報之效

謝賜仁宗御集表 治平四年 月

臣某言伏準御藥院告報伏蒙聖慈賜臣仁宗御集一部一百卷者倬彼雲章方聯於寶軸刻之玉版忽被於恩頒臣某中謝恭惟仁宗皇帝睿哲聰明寛仁恭儉每虛心而訪道務嚮學以崇儒天縱生知臻作者之謂聖功高德盛由煥乎其有文伏惟皇帝陛下纂紹丕圖善繼先志惟仁祖發揮於衆製乃英考序述而成編昭如三光並照萬物法彼後世同符六經方副本之頒行非近輔而莫獲敢期睿眷尚及愚臣

寵異群邦光生蔀室載念臣出身寒苦自少遭逢晚
蒙獎任之殊嘗與賡歌之後捐軀論報餘生已負於
素心拜賜為榮撫事但零於清血

亳州乞致仕第一表 熙寧元年春

臣某言臣聞難進易退者禮經之格言知足不辱者
道家之明戒苟貪榮而不止宜招損以自貽況災疾
之所纏顧筋力之難強輒披悃愊自冒誅夷臣某中
謝伏念臣生也多屯少雖有志而識不明於大體用
不適於當時徒以荷三朝之誤知屬四方之無事遂
容章句之學竊與機政之司逮更二府之繁蓋亦八

年之久既不能遇事發憤慨然有所建明又不能與世浮沉默爾以爲阿徇每多言而取怨積衆怒以難當繼逢時事之方艱思欲乞身而未獲不虞晤禍陷臣於風波必死之淵上賴至仁脱臣於鮫鰐垂涎之口以至平生所守之名節晩暮未盡之年齡豈臣能於自全皆陛下之所賜既懇辭於重任仍假守於善郡固已坦無危疑幸此優逸而風霜所迫鬢髮凋殘憂患已多精神耗盡加之肺肝渴涸眼目眊昏去秋以來所苦增劇兩脛惟骨拜履俱艱雙瞳雖存黑白纔辨顔形骸之若此尸寵禄以何安伏望皇帝陛下

特軫睿慈俯從人欲許還官政俾返田廬白首明時幸盡遊垂衣之治酣歌聖化願追擊壤之民雖居畎畝之間永荷乾坤之造

第一劄子

臣輒瀝一作有血懇上干宸慈臣本以庸虛誤蒙獎擢一作擢用濫塵二府獲事三朝無德一作事可稱無言一作言可採既不能報國又不善謀身怨嫉謗讒喧騰衆口風波陷穽一作檻阱僅脫餘生憂患既多形神俱瘁齒髮凋落疾病侵陵故自數年以來竊有退休之志而臣猥以非才久叨重任連值國家多事所以未敢遽言

頃自去春伏蒙陛下矜憫孤危保全晚節許解政事得從外補臣於此時遂乞守亳（一作乞守亳社）蓋以去潁最近便於私營及入辭之日亦具奏陳乞枉道至潁脩葺故居幸蒙聖恩皆賜允許臣自到亳以來殆將朞歲（一作歲暮）舊苦痟渴蓋已三年腰脚細瘦惟存皮骨行步拜起乘騎鞍馬俱覺艱難而眼目昏花氣暈侵蝕視一成兩僅分黑白職事至簡猶多妨廢坐尸厚祿益所難安然臣嚮者不敢啓言而今乃輒茲有請者蓋以方今朝廷無事中外晏然臣亦幸無任責之重其進退之際既無所嫌避又不繫重輕故敢直以臣

子之私誠自乞君父之憐憫臣以守官在外不得親
伏旒扆之前縷陳悃愊臣今已具表章欲乞一致仕
名目就近於潁州居止以養殘年伏望聖慈特賜開
許臣無任祈天俟命

第二表

臣某言臣近貢封章乞還官政伏奉詔答未賜允俞
退自省循奚勝殞越臣聞神功不宰而萬物得以曲
成者惟各從其欲天鑒孔昭而一言可以感動者在
能致其誠敢傾處至之心再瀆高明之聽臣某中謝
伏念臣本以一介之賤叨塵二府之聯知直道以事

君每師心而自信然而既乏捐軀之效又無先覺之明用之已過其分而曾不自量毀者不堪其辱而莫知引去幸賴乾坤之再造得逃陷穽之危機仍許避於要權俾退安於晚節今乃苦於衰病莫自支持顧難冒於寵榮始欲收於骸骨敢期聖念過軫天慈謂雖迫於桑榆未忍弃於草莽竊以古今之制沿襲不同蓋由兩漢而來雖處三公之貴每上還於印綬多自駕於車轅朝去朝廷暮歸田里一辭高爵遂列編民豈知至治之朝深篤愛賢之意每示隆恩之典以勸知止之人故雖有還政之名而仍享終身之祿固

已不類昔時之士無殊居位之榮然則在臣素心雖切退休之志迹臣所乞尚虞僥倖之譏伏望皇帝陛下惻以深仁矜其至懇俾解方州之任遂歸環堵之居固將優游垂盡之年涵泳太平之樂惟辛勤白首迄無一善之稱孤負明時莫報三朝之德此爲懟恨何可勝陳

第二劄子

臣近以疾病衰遲再上表一作封章瀝陳血懇乞一致仕名目以養殘年聖恩憐憫不忍遽棄特降詔諭未賜允俞承命之際惟知感泣臣竊以七十之制雖著

禮經而歷代以來人臣進退多不拘此有年已過而不得去者有年未及而可以去者蓋以人有賢愚理難一槩（一作致）其或上智高才元勳舊德用捨去就繫朝廷得失輕重者故雖年已過之理不得去而人皆不以爲非也若中常之人祿祿備位存之既無所益去之亦無可思其用捨不爲得失去就不繫輕重其人苟能量分知止奉身而退朝廷則必嘉其趣尚而成就其志故雖年未及而特許其去而人亦不以爲非也彼中常之人者居常則無足可稱及能識分自量不待年及而知止則尚有一節可取故人君推樂

賢養士之心，務欲獎成其名節，所以不待年及而亦一作方許其去也。如臣愚陋，不敢過自陳其不肖，輒竊自比於中常之人，所謂碌碌備位，存之無所益，去之無可思，而用捨去就不繫朝廷得失輕重者，臣某是也。然臣比於中常之人，猶有不及者：貪冒榮寵，過其涯分，荷三朝之恩德而無所報効，被小人之摧辱而不能遠去，固非有識分知止之明，而直以疾病侵陵，心神昏耗，力不能勉，然後不得已而自陳耳。此臣自媿於心者也。雖然，臣以犬馬之賤，蒙陛下天地養育之恩，始終保全，以至今日，惟晚暮一節，尚賴君父之

仁獎成其志臣今已具第二表陳乞伏望聖慈特賜開許（一作允）令取進止

第三表

臣某言臣近者再貢封章乞從致仕伏奉詔書宜不允者竊稽典禮退止一辭上黷睿慈臣今三請雖未忍弃捐之意曲煩再諭以丁寧而不勝迫切之誠尚冀終蒙於開可臣某中謝伏念臣禀生至陋力學不强徒以略誦仁義之言粗知廉耻之節早緣一藝擢自諸生智非先見之明材無適用之敏但知報國不敢謀身惟枉尋直尺之不爲故圓鑿方枘而難合以

至被侵淩於群小遭詆毀之百端而臣忍辱强顏踰時歷歲蓋思責任之方重顧於去就而難輕今者幸蒙寬恩獲保孤拙脱於死地優以便藩既無效於勤勞徒尸於寵禄加以艱危備歷憂患已多老將疾以偕來形與神而俱瘁昔而少健黔驢之伎已殫今也病衰駑馬之疲難强始露肺肝之懇乞收骸骨而歸迹臣前後之心可見遅徊之久不敢爲於妄舉蓋幸冀於必從伏望皇帝陛下推天地之仁垂日月之照察臣既非捐憤以肆一朝之忿又非矯激而希高世之名本由多難之餘誠以不能而止矜其朽憊賜

以哀憐許上印章退居田里使病樗擁腫盡爾天年斥鷃逍遥遂其物性幸克成於素志惟仰賴於鴻私

第三劄子

臣輒有血懇上干天慈意迫言煩合從誅戮臣近以衰年疾病三上表章乞一致仕名目伏蒙聖恩一作慈累降詔諭未賜允俞祗服訓辭惟知感涕臣聞陳力就列不能者止此臣子之常分也臣以庸繆遭遇三朝誤被奬擢叨塵二府論其報効初無取一作補於毫分積爲怨仇則不勝於詆訾雖忠邪善惡上則難逃聖鑒之明毀譽是非下則一付至公之論可以撫心

省己自信不疑其如蹇拙孤危亦已甚矣而猶貪冒繁寵不知進退以至横遭誣陷幾至顛擠上賴陛下推天地父母之恩以保全之察其誠心許解重任假以善地從其私便偷安苟禄僥幸已多而臣量盈器極禍過災生衰疾所嬰積年滋甚中虛渴涸若注漏卮腰脚伶俜僅存皮骨舊患兩目氣暈侵蝕日加昏暗簽書文字轉覺艱難一郡之間事多曠廢是敢直露肺肝願還印綬而皇慈垂惻未忍遽弃三賜詔諭慰以恩言中外之人皆知聖君恩禮之數過厚於臣者至矣而臣之懇悃迫切不能自止之誠亦已至矣

伏望聖慈憫臣衰殘，哀臣懇迫，特賜允臣累表所乞，俾以本官致仕（一作政）歸老田閭（一作廬），則臣雖死之年，猶生之日。今取進止。

第四表

臣某言：臣累貢封章，乞從致政，伏奉詔書，所乞宜不允者。未忍遽捐，幸曲憐於舊物，尚茲再黷，蓋中迫於危誠。進冒誅夷，俯深殞越。臣某中謝。伏念臣以一介無能之賤，荷三朝特達之知。仁宗擢自諸生，俾參二府；先帝力排羣議，深察孤忠。暨逢神聖之纂臨，竊幸風雲之感會。至於辨正誣枉，保全始終，雖天地之施無私恩非責報而犬馬之微自效力不逮心繼之衰疾之纏綿加以年齡之晚暮寵榮既過小器盈而必顛筋力已疲飛鳥倦而思止輒露乞身之請願諧解組之歸而皇慈惻然明詔屢下示廓含容之大度慰安憔悴之餘生祇服訓辭惟知感涕然而忠信所以事上理無弗踐之空言進退各有其宜力或不能而當止雖禮著引年之制必待及時而身有負薪之憂亦容辭仕是敢再殫悃愊仰冀哀矜伏望皇帝陛下軫堯舜之深仁推乾坤之曲造憫其確至賜以允俞俾還頹尾之居遂養漳濱之病再念臣早從壯歲粗

學文辭，久冒榮階，常豐祿賜，尚能遇樵夫而談道，宣上德以諭愚民，與故老而揮金，均君恩而榮里巷。此聯一作談王道揮賜金似衍二字以終晚節，永荷鴻私。

第四劄子

臣近者累具章表劄子，披述懇誠，上干宸造，乞一致仕名目，歸老田廬。伏蒙五降詔書，未賜俞允，訓諭丁寧，恩意深至，捧讀之際，惟知感泣。而臣情迫於中，不能自止者，蓋以疾病侵攻，心志衰盡，欲於未填溝壑之間，自爲苟且朝暮之計，是敢更瀝肝膈膺一作冀蒙哀憐。臣自治平二年已來，遽得痟渴，四肢瘦削，脚膝尤甚行步拜起乘騎鞍馬近益艱難而兩目昏暗多年舊疾氣暈侵蝕積日轉深視瞻恍惚（一作恍恍）數步之外不辨人物至於公家文字看讀簽書動成妨廢臣本庸常之人非有深識遠慮每見比來臣寮多因疾病致仕其人既遂閑退往往稍復康安（一作寧）臣伏自念無才無能叨竊榮寵滿盈之罰禍過災生亦欲量分知止辭去官禄廢於晚暮之年少免災疾之苦又臣所患眼目（一作疾）自今年春夏以來日更增加其勢未止惟恐年歲之間遂成廢疾若幸於未廢之前獲遂退休之請與其病廢尚竊美名臣之愚慮所希實

止於此臣遭遇明聖過蒙知獎其孤危蹇拙之迹苟
保全終始之恩可謂至矣而未知報効遽遘痛衰天
心仁憫必垂矜惻臣不敢避煩言屢黷之罪今已再
具表陳乞伏望聖慈特賜開許今取進止

第五表

臣某言臣近者累具陳乞願還官政伏蒙聖慈五降
詔書未賜俞允上恩曲諭已至矣而丁寧下愚弗移
但頑然而迷執論罪合當於誅戮原情尚冀於矜從
臣某中謝伏念臣以空言少實之文守泥古不通之
學遭逢亨會玷竊寵靈禄利已豐乃辭陳力恩私未

報輒欲便身推是以言固難逃責若乃艱危險陷僅存將盡之餘齡沮辱摧傷無復平生之壯氣加以形骸衰颯疾病侵凌顧難戀於軒裳遂退甘於畎畝語其此志又若可哀自伸五請之勤已涉三時之頃天慈惻隱聖度優容謂駑馬雖疲念服轅之已久而著簪至賤閔舊物而不忘固當上體至仁勉安厥位而夏秋交際痾瘵日增弱脛零丁惟存骨立昏瞳眊瞀常若宜行既未知痊損之期終當廢去而苟遂退休之懇尚竊美名是敢更殫悃愊之私冀動高明之聽伏望皇帝陛下推乾坤亭育之施回日月照臨之光

少寬屢黷之刑，俯徇至誠之請，庶使戒滿盈而知止，免災疾以全生，老安治世之和，永荷終身之賜。

第五乞守舊任劄子 熙寧元年月

臣今月六日准樞密院遞到詔書一道，以臣上第五表乞致仕，伏蒙聖恩未賜俞允者。伏念臣以庸虛淺末之學，遭遇三朝，荷非常不次之恩寵，未知報効之方，而遽迫衰病，自懼盈滿，思慕古人知止之節，願於聖世獲遂退休。陛下仁聖寬慈，俯哀誠悃，既恕其屢黷之罪，未加誅戮，而又推天地父母之恩，不忍遽令退去，六降詔書，丁寧訓諭，感極惟泣，不知所容。再念臣昨蒙恩許守此便郡以養衰殘今到任已及一年蓋爲脚膝乘騎鞍馬艱難憂慮非時别有移替欲望聖慈許臣且更於此將理一二年間若稍獲安痊則不敢上煩聖聽臣以孤危蹇難之迹荷陛下始終保全之恩以至今日猶以衰殘疾病之懇煩君父含容養育之私臣無任

表奏書啓四六集卷第四

紹熙三年十月承直郎丁朝佐編次

郡人孫謙益校正

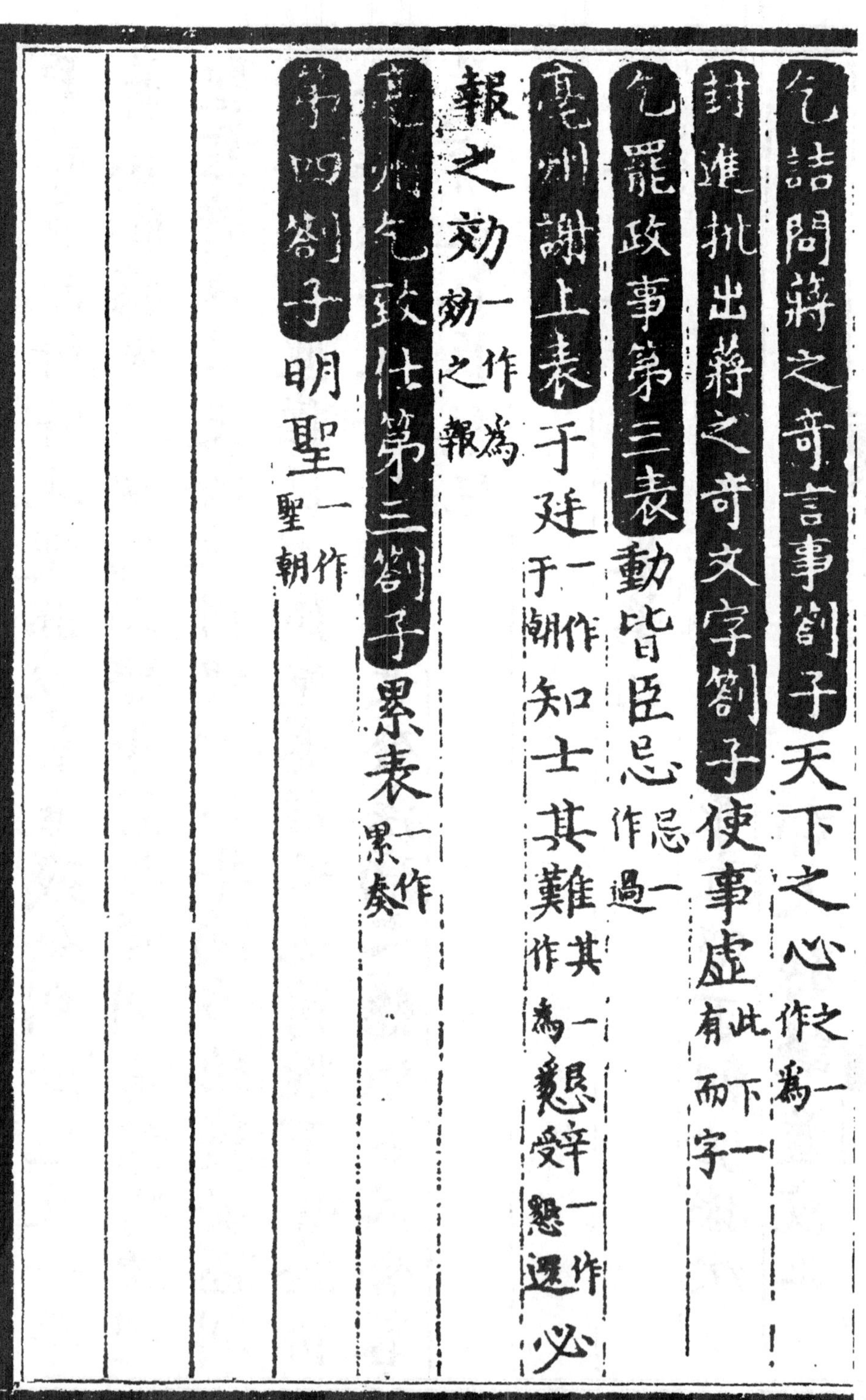

乞詰問蔣之奇言事劄子　天下之心之一作爲

封進批出蔣之奇文字劄子　使事虛此下一有而字

乞罷政事第三表　動皆臣忌忌一作過

亳州謝上表　于廷一作于朝知士其難其一作爲懇辭一作懇還必

報之效一作爲効之報

亳州乞致仕第三劄子　累表一作累奏

第四劄子　明聖一作聖朝

表奏書啓四六集卷第五　歐陽文忠公集

辭免青州第一劄子 熙寧元年

臣今月八日準樞密院遞到誥勑各一道蒙恩授臣兵部尚書依前觀文殿學士知青州者伏念臣近以疾病衰殘累上表章陳乞致仕天慈憫惻六降詔書未賜俞允臣以訓諭丁寧不敢更煩睿聽然臣久患脚膝乘騎鞍馬艱難又到任已踰一年深慮非時别有移替已具劄子奏陳乞且於亳州將理一二年間若稍獲痊安冀可陳力敢謂聖恩優異命出非常超轉官資移委大郡再念臣累年痟渴衆所具知肌體

瘦削精神昏耗本以衰羸懼難勉勵遂乞休致今青州所管一路寄任至重實藉幹才以臣居之必至曠敗兼臣所患脚膝道路乘騎鞍馬艱難欲望聖慈特賜矜察許臣且守舊任冀得將理衰殘所有誥勑臣未敢祗受已送軍資庫寄納今取進止

第二劄子 熙寧元年八月二十八日

臣今月二十七日準樞密院遞到詔書一道以臣辭免青州恩命所乞宜不允者臣竊惟表海名邦青爲重地聖恩優借以寵衰殘豈合固辭上煩宸聽伏念臣情有迫切不能自已者蓋臣近以疾病侵陵心志

昏耗方瀝血懇乞從退休陛下曲賜矜憐不忍廢棄丁寧訓諭未賜允俞今則忽被新恩有此還擢乃是臣乞退休而得進秩方稱疾而領要任則臣嚮所陳請矯激欺詐以要恩寵之罪何以自逃雖天度寬仁未以此責臣而臣之心顔何以自處使臣筋力可以勉彊猶當陳述義理必冀獲辭以免清議之責況臣衰病羸悴實如累表所陳陛下推天地父母之恩未忍廢退且令苟禄養疾於便郡臣已不勝僥倖之懇豈敢更望遷進況亳州於近邪之中尤爲善地前後曾任兩府臣寮如陳執中宋庠皆得養疾於此者甚

多伏望聖慈憫臣衰病哀臣誠悃俾臣且守舊任更將理一二年間苟其筋力稍完則臣盡瘁薄效豈無犬馬識恩知報之心所有降到詔勑臣不敢祗受見在本州軍資庫寄納伏乞早賜許臣繳納臣無任

第三劄子 熙寧元年九月

臣今月十四日準樞密院遞到詔書一道以臣辭免青州恩命所辭宜不允及準中書劄子奉聖旨令臣便受勑告疾速發赴青州本任者伏念臣自去春蒙恩許解重任俾守便郡以養衰殘方及一年忽被恩渥超轉官資移委藩鎮聖恩眷異便當祗受豈合固

辭上煩睿聽臣罪當萬死然念臣義迫情切不能自止者緣臣久患眼目脚膝心志昏耗自懼盈滿乞從休退六蒙詔諭丁寧深至臣上體聖眷殊常未敢固辭再黷方且乞更將理一二年冀少瘥安庶可勉强而不圖遽被遷擢之命臣竊思聖恩本以憫臣憔悴加以寵榮以慰臣之衰暮而臣蹇薄爵危不能上副恩眷今進退皆觸於罪戾蓋臣若進而祗受則有連章累懇矯激欺詐以邀恩寵之罪而其罪大若退而懇辭則有稽違君命煩言屢黷之罪然比於矯詐邀恩則其罪似輕在臣愚計自擇則固當逃大罪而就

輕罪。臣又竊惟陛下所以保全愛惜臣者至深至厚矣，亦必不使臣至於大罪也。故臣披瀝肝血，不敢避煩言屢瀆之誅。臣所患眼目腰脚，前奏已具陳述，不敢虛矯。欲望聖慈於未許臣休致間，且令臣守舊任，便於將理。所有勑告，見寄納本州軍資庫，稽留君命多日，臣曉夕憂惶，如履冰炭。伏乞早賜許臣繳納。臣無任

辭轉兵部尚書劄子 熙寧元年九月

臣近蒙恩除臣兵部尚書、移知青州，臣已三具劄子辭免。伏奉今月二十五日詔書，所辭宜不允者。聖恩

優異訓諭丁寧便當祗命而行豈合上煩睿聽罪宜誅戮無以自逃然臣懇血之誠猶有不能自已者伏念臣本以衰羸疾病方乞退休遽兹遷擢義迫難安所以懇祈辭免至於恩典超優遷轉頻數使臣不因疾病乞退亦合懇辭蓋臣近自去春由尚書吏部侍郎轉左丞未逾兩月又超轉三資除刑部尚書今纔逾歲又超轉兩資尚書六曹一歲之間超轉其五無功之賞公議豈容此臣所以不避煩言屢黷之罪而上干宸造也然臣已三被詔書慰諭深切進退惶惑不知所措敢不力勉衰殘上副恩眷臣今更不敢辭

免青州差遣若得秪守舊官而往庶幾可免矯激邀求之責伏望聖慈察臣悃愊一作迫特許免臣轉官恩命繳納近降誥勑所有青州差勑臣見別候指揮今取進止

青州謝上表 熙寧元年十月

臣某言伏蒙聖慈特授臣兵部尚書依前觀文殿學士知青州軍州事充京東東路安撫使臣已於今月二十七日赴上訖掌國五兵叨進中臺之秩宣風一面俾綏東土之人秪荷寵靈徒知殞越臣某中謝伏念臣學非通敏材實空疏幸逢千載之休明誤被三

朝之奬擢久陪法從嘗與政機國恩未報而身已先衰世塗可畏而命亦多蹇頃緣災疾遂決退休敢期上惻於皇慈未忍遽捐於舊物而復過推優渥以慰癃殘惟孤拙之無堪蹈艱危一作虞而已甚世之所榮者臣之所懼人以爲寵者臣以爲憂是敢輒殫悃愊之誠累黷高明之聽迫於危慮罔避煩辭而聖度幷容寬其罪戾恩言屢降譬以丁寧知成命之難回勉覥顏而祗受而況全齊舊壤負海奧區民俗富完而鑿井耕田各安其業詔條寬大而奉法守職足以脩官內省庸虛奚勝忝幸此蓋伏遇皇帝陛下日新求

治天覆推仁謂簪履雖爲於賤微尚堪收録而犬馬苟豐於豢養猶可使令臣敢不策勵疲羸勤思夙夜廢期盡瘁少答鴻私

謝南郊加食邑五百户表 熙寧元年十一月

紫壇高峙式薦於精禋皇澤霶流推行於大慶祗膺寵數伏切兢營臣某中謝伏惟皇帝陛下出震膺期繼文興治百度講明於新政群生涵泳於至和乃考舊章聿思報本謂三歲一郊之禮必舉以時俾四海九州之人並受其福遂因景至躬款陽丘萬國充庭其誰敢後六卿聯事各以其官而臣職忝領條位拘

守土執豆籩而祗役罔獲施勞逮煇翟之餕餘遽蒙均惠無功受賞莫遑俯傴之辭盡瘁事君惟誓糜捐之効

謝傳宣撫問賜香藥銀合表 熙寧二年二月

臣某言今月二十五日伏蒙聖慈差入内内侍省西頭供奉官王延慶傳宣撫問仍賜臣香藥一銀合者祗命有嚴瞻天威而不遠撫躬增惕拜君賜以為榮臣某中謝伏念臣本以妄庸幸緣遭際進陪國論莫贊萬機之微出布政條未聞五月之報屬北州之災饉隣東土之封疆皇帝陛下子育黔黎仁深覆載閔

扶携而轉徙軫宵旰之焦勞而臣職在撫綏任叨寄委曲煩訓諭備極丁寧仍因使傳之馳特示恩頒之寵臣敢不恪官自警祗事以時惟善是從勉企前人之迹俾民受賜上寬明主之憂

謝賜漢書表 熙寧二年三月

臣某言臣伏蒙聖恩賜臣新校定前漢書一部已於今月日據進奏院遞到臣已祗受訖者俯躬承命拭目生輝臣某中謝竊以右文興化乃致治之所先著録藏書須太平而大備惟漢室上繼三代之統而班史自成一家之書文或舛訛蓋其傳之已久詔加刋

定俾後學之無疑一新方冊之文增煥祕書之府而奏篇之始方經衡石之程賜本之榮惟及鈞樞之近敢期孤外特與恩頒此蓋伏遇皇帝陛下曲軫睿慈俯矜舊物謂其嘗與臣隣之列不忍遽遺憐其自喜文字之間俾之娛老然臣兩目皆眊雖嗟執卷之已艱十襲珍藏但誓傳家而永寶

乞壽州第一劄子 熙寧二年冬

臣輒瀝誠懇上干天聰一作聽臣本以妄庸逢時竊祿寵榮踰分報効無聞頃在亳州嘗以疾病乞從休退聖恩憐憫未忍遽捐累降詔諭丁寧備至適會東秦

闕守誤被選差超轉兩官委以一路臣亦屢陳朽憊既不獲辭便當策勵尫瘵上副憂寄而臣迫以年齒晚暮近日以來心力俱耗事多健（一作廢）忘腰脚舊苦拜起艱難兩目氣暈尤更昏然僅分黑白雖勉力支持日虞曠敗兼臣到任已及一年有餘欲乞就移淮潁間一差遣以便私計伏望聖慈特賜憐憫許差臣知壽州一次冀（一作庶）就閑僻苟養衰殘今取進止

第二劄子

臣近以疾病乞就移知壽州一次伏奉今月九日詔書宜不允者聖恩優假訓諭丁寧迫以危誠不能自

默毋煩睿聽罪合誅夷伏念臣舊患眼目已十餘年又若渴淋亦五六歲年日加老病日加深睛瞳氣暈侵蝕幾盡脚膝瘦細行步艱難自入今歲以來心神又更昏耗事多健忘動輒差失九州一路寄任匪輕勉彊尪殘日虞曠敗況臣貪冒榮寵過分已多年齒衰遲又復如此理宜量力知止早自退休蓋臣昨在亳州累陳此懇伏蒙陛下至仁至慈憐憫舊物不忍遽棄屢頒恩詔委曲慰安欲令且更勉勵故臣今者未敢別有陳請祗欲求淮潁之間一便郡苟竊俸禄以盡餘生庶幾上副聖君天地父母含容養育之恩

伏望睿慈特賜矜許令取進止

謝擅止散青苗錢放罪表 熙寧三年夏

臣某言今月二十九日準中書劄子以臣奏乞不候秋料青苗錢事奉聖旨不合不聽候朝廷指揮擅行止散之罪特與放免者有罪必誅是爲彝典原情以恕特出深仁閔命驚慚省躬涕泗臣某誠惶誠感伏念臣以一介之微賤荷三聖之奬知寵禄既豐初無報効筋骸已憊尚此遲徊曲蒙大度之并容誤委一方之寄任職當撫俗責在分憂方茲盱具之勞心豈敢因循而避事昨遇國家新建官司而主計大商財

利以均通分命出使之車交馳於郡縣悉發舊藏之錢取息於民氓而臣方久苦於昏衰初莫詳其利害既已大諠於物議始知不便於人情亦嘗略陳衆弊之三冀補萬分之一屬再當於班給顧已逼於會期雖具奏陳乃先擅止據兹專輒合被譴呵豈謂伏蒙皇帝陛下深軫睿慈俯矜朴拙免從吏議特貸刑章夫何草木之微曲被乾坤之施臣敢不益思祗畏更勵操脩戒小人之飾一作遂非希君子之改過冀圖薄效少荅鴻私

辭宣徽使判太原府劄子熙寧三年四月

臣準今月二十九日入內東頭供奉官馮宗道到州傳宣撫問，賜臣告敕各一道，伏蒙聖慈除臣宣徽南院使、判太原府事。伏念臣久苦老疾，自今春眼目疼痛及渴淋舊疾作，脚膝細瘦，行步艱難，自二月已來交割却本州公事，見今在假將理。所有今來恩命，優異寄任非輕，以臣非才，固不敢當，兼以久嬰疾病，未得痊安，見別具奏章陳乞一小郡差遣次。所有賜到敕告，臣未敢祗受，已於青州軍資庫寄納，列聽指揮次。今取進止。

同前

臣前月二十九日伏蒙聖恩差中使責賜臣告勑除
臣宣徽南院使判太原府事臣尋已具奏陳未敢祇
受今輒再瀝危懇上干天聰意迫言煩敢避誅戮伏
念臣自至青州忽已踰歲適值年時豐稔盜訟稀少
足以偷安竊禄而臣自以年齒日加衰殘日甚心識
昏耗難於勉强以謂一路九州不可常幸於無事每
憂緩急有誤寄委所以去冬累陳衰病乞移一淮潁
間小郡未賜允俞之間遂接春陽戒候爲風氣上攻
眼目驟加昏痛因此服藥過度發動渴淋舊患甚於
初得疾時腰脚枯瘦行履艱難自三月後來不免兩

次交割却本州公事在假將理百方治療終未痊損敢期於疾（一作病）告中忽被睿恩有此差遣（一作選）不惟寵命優異非臣敢當兼以久病淹延筋力難彊欲望聖慈曲賜哀憫特許檢會臣前所陳乞於淮潁間移一小郡俾養殘年所有太原重任必難久闕人伏乞別選用人上副憂寄今取進止

同前　五月一日

臣近蒙聖恩除臣宣徽南院使判太原府事續準中書劄子奉聖旨令臣依前降指揮疾速起發仍赴闕朝見訖發赴本任者伏念臣以老疾經春方在病假

中忽被此恩命自揣才力難當寄任不敢祇受尋已
具辭免仍乞一維潁閒小郡見別聽候朝旨次今取
進止

同前（附尚伏奉入奏）

臣此者伏蒙聖旨除臣宣徽南院使判太原府事特
差入內供奉官馮宗道賜臣告勑各一道兼傳宣撫
問續準中書劄子奉聖旨令臣疾速起發仍赴闕朝
見訖赴任者伏緣臣以非才久病心力衰耗難當擢
任之寵兼自春以來疾患久在假告已於四月二十
九日五月一日兩具劄子奏聞辭免恩命至今（一無至今）

二字〕祗候提點刑獄席汝言到任交割公事别聽朝旨

次欲望聖慈矜察早賜允俞今取聖旨

同前

臣今月二十二日〔一作二十日〕准進奏院遞到詔書一道

伏蒙聖慈以臣辭免恩命未賜允俞者訓諭丁寧理

宜祗受懇誠迫切尚敢煩言伏念臣本以支庸謏叨

器使寵榮踰分福過災生五七年來纏綿疾病獨蒙

聖念許解政機仍與近藩俾從優便臣以高秩〔一作

厚祿〕非爲養病之資竊位素餐難久偷安以處所以

決謀休致累上封章陛下尚以〔一作念〕簪紱之微曲憐

舊物不忍遽棄，屢賜安存，既又徙一作賜以東州，兼委兵民之任。然而雖名一路，不係邊防，所管九州，苦無軍馬，加以歲時稍稔，盜訟頗稀，臣得以偶免曠瘝，蓋出天幸。而臣常竊自念年齒日以衰暮，筋力知不復完，與其臨事而后辭，不若量分而先止。故於一作自去冬再瀝懇私，乞一小郡，冀就一作稍遷於淮潁，得漸近於田廬。敢期病告之中，忽被優殊之命，超轉一作遷時貴職，付以極邊，使臣未至一作遇衰殘，尚非所受，而況寶難勉彊，敢不必辭？再念臣自在亳州累乞致仕，殆今三歲矣，而口誦退休之言，身貪榮進之寵，既自違於

言行豈不愧於心顔雖聖度之兼容必公議之難遏伏望睿慈曲加憫察特賜追還新命許換近穎一州則天地父母之恩敢忘犬馬之報今取進止

同前

臣今月十五日準樞密院遞到詔書一道伏蒙聖恩以臣辭免宣徽南院使判太原府事充河東四路經略安撫使恩命乞差知蔡州一次所乞宜不允者聖訓丁寧已煩再諭臣誠迫切難避嚴誅臣竊以朝廷之用人臣子之事上蓋常察其進退不違於理則可以知其大節之所守而予之爵祿將以爲寵則必使

不犯清議之所非授受之間可謂兩難矣故高秩厚祿人臣所願必也處之無媿然後得以爲榮或其義有不安所以容其自免今陛下寵臣者至矣任臣者優矣而臣不幸心懷自媿義有難安敢更竭此一作不敢更竭懇誠必期哀許伏念臣妄以迂儒遭逢三聖寵踰其分器小易盈愛自中年早苦多病臣因竊思前世爲人臣者不待伏於牀第然後稱疾不必廢其支體然後辭官但其一作以心志已衰筋力難彊則義當知止不可貪榮爾此臣所以不待年及累乞退休而瞻聖慈仁不忍遽棄六賜詔諭備極恩憐而臣上體聖

眷之優殊不敢自決而引去然止當踦伏閑處偷安竊禄譬諸已乏之馬牛俾盡餘生於芻豢而已此乃粗爲合理其如事則不然蓋臣前歲以老告便超兵部尚書今春以疾辭又轉宣徽南（一無南字）院使辭淮南一州則領淄青九州免京東一路則總并代四路是每求退則得進每辭少則獲多使其一出偶然人情猶或少恕若其每舉必爾則公議豈復可容雖幸人之未言顧臣何以自處此臣（一無此字）所謂心懷自媿義有難安者也使臣筋力猶彊尚合懇辭恩寵況臣疾病積有歲年已具奏陳累（一作屢）干聽覽臣亦竊聞議

若以臣脚膝一作腰脚未至着床枕一作第眼目猶可分人
物使謂尚堪驅策致比誤蒙選任殊不知臣心志已
衰精神並耗雖未伏枕實一行尸再念臣本出書生
老於文字賦才非敏以學自愚故歷官以來多觸罪
辜屢罹憂患蓋以不通時務不習人情加以晚年繼
之衰疾識慮昏耗一作秏舉事乖違大抵時多喜於新
奇則獨思守拙衆方興於功利則苟欲循常至於軍
旅之間機宜之務則又非其所學素不經心蓋以病
悴已衰之軀持昏耗乖違之見任素非所學之事一
有敗闕雖戮臣身不足以塞責而誤國之計如後患

何使臣粗有愛君憂國之心，豈敢不思及此而貪榮苟得臣（一作蓋已）所宜必辭者三：義所難安一也，精力已衰二也，用非所學三也。然於三者之中其二尤急，若其義所難安者幸蒙聖恩獲免，俾臣不取非於清議而無愧於晚節，則陛下之賜臣者榮於高秩厚祿之賜遠矣。至於用非所學致誤國家之計，貽朝廷之憂，則當君父旰昃憂勞求治之時，聖慮所宜留意也。伏望聖慈哀臣誠至之言，察非矯僞之飾，特賜允臣屢請，追還新命（一作授），換一小州，則臣雖死之日猶生之年。今取進止。

蔡州謝上表 熙寧三年

臣某言：臣伏奉勅命，就差知蔡州軍州事，已於九月二十七日赴上訖者。負薪嬰疾，獲辭四貴之選；剖竹分符，尚忝一麾之守。荷寬恩之優假，撫朽質以靦慚。臣某中謝。伏念臣本出孤平一作貧，粗親文藝，遭逢亨會，叨竊寵榮。方犬馬之壯時，早無施於尺寸；況桑榆之晚景，嗟已迫於衰遲。一昨誤被選掄，擢升要近，付以一方之民政，委之四路之兵機。惟寄任之匪輕，揣庸虛而内懼。輒陳懇悃，屢黷高明。敢冀天慈，不違人欲，還其舊職，易以近藩。惟古豫之名邦，控長淮之右壤土風深厚物產豐饒雖宣化班條慚無異術而守官循法足以偷安此蓋伏遇皇帝陛下惻以至仁包之大度既不責其避事又曲從其便私衷爾廷殘容其僥倖仰被乾坤之造顧非木石之頑臣敢不勉自勵其筋骸更殫盡瘁之節苟未塡於溝壑尚知圖報之方

蔡州再乞致仕第一表 熙寧四年四月

臣某言臣聞士之致政而傳家雖著禮經之常制昔有乞骸而稱疾不待年及者固多況臣久苦於病衰早歲已陳於悃愊敢茲再黷仰冀哀憐臣某中謝伏

念臣以一介之妄庸，荷三朝之眷奬，因時竊位，嘗俾贊於萬機，積日累年，訖無稱於一善。徒緣朴戇，動觸機危，每煩君父之保全，不殞終身（一作始終）之名節。嚮由災疾，願謝軒裳，披瀝肺肝，累奏封而五上，留連寵祿，復歲序之三遷。間被誤恩，驟加擢任，顧已難於策勵，遂復力於懇辭。上賴慈仁，曲加憫惻，既不責其避事，又曲從其便私，得善地之寬閑，俾殘軀之養息。而臣年日加老，病益交攻，新春以來，舊苦增劇。中痟渴涸注，若漏厄弱脛零丁，兀如槁木，加以睛瞳氣暈，幾廢視瞻，心識耗昏，動多健忘。雖聖君之念舊，廓大度以兼容而隳職曠官實爲可畏貪榮竊食難久自安伏望皇帝陛下日月照臨乾坤亭育察其情實賜以矜從許解郡章歸榮里閈俾其酣詠樂時之盛化優游爲世之幸民以畢餘生永繄鴻造

又劄子

臣輒瀝懇私上干宸造愚誠所迫罪戾難逃臣自頃蒙恩許解政事即曾乞一近潁州差遣庶得漸謀歸老上荷至仁憫臣衰病允其所乞差知亳州到任之明年遂乞致仕聖念惻然憐其舊物不忍廢置凡五上表章四具奏劄皆蒙詔答未賜允俞臣以不敢更

爲煩黷遂且中止尋又蒙恩超轉臣兵部尚書安撫淄青一路既不獲懇辭遂勉力就任而臣迫以昏衰事多曠廢甫及一年則又陳乞壽州亦以近潁冀便於歸老未得請間尋又蒙恩除臣宣徽使移守并門付以河東一路官益榮任益重而臣身益老病益加不勝憂懼之情所以累瀝血懇上煩天聽伏蒙睿慈察其誠實養疾便私悉如其請臣自到今任忽已半年幸值歲物豐成民盜（一作訟）稀少坐尸厚祿足以偷安臣上戴陛下天地父母之恩未知論報之所而心與願違蓋自冬春以來舊苦愈增上渴下淋晝夜不

止脚膝細瘦，僅存皮骨，行履拜跪艱難，加以眼目昏暗，視物睛痛，有妨簽書看讀公家文字。載念臣昏衰疾病，既已累年，量分知止，亦非一日，寵禄之榮，無容久竊。臣今輒具表章，再伸舊請，乞一致仕名目。欲望
聖慈特賜開許。令取進止。

第二表 熙寧四年五月

臣某言：臣近上表章，乞從致仕，伏奉詔書所乞宜不允者。睿訓丁寧，曲加慰諭，愚衷懇迫，尚敢黷煩，將再干於冕旒，宜先伏於砧鑕。臣某中謝。伏念臣世惟寒陋，少苦奇屯，識不逹於古今，學僅知於章句，名浮於

實用之始見於無能器小易盈過則不勝於幾席後徒以早遘千齡之會誤蒙三聖之獎知寵榮既溢其涯憂患亦隨而至禀生素弱顧身未老而先衰大道甚遠力不前而難强每念恩私之莫報熱之疾病以交攻爰於守亳之初遂決竄潭之計遂此三遷於歲律又更而易於州符而犬馬已疲理無復壯田廬甚邇今也其時是敢更殫螻蟻之誠仰冀乾坤之造況今時不乏士物咸遂生凫鴈去來固不爲於多少鳶魚上下皆自適於飛潜苟遂乞於殘骸庶少償其夙志伏望皇帝陛下哀憐舊物隱惻至仁察其有素

非僞之誠成其識分知止之節曲從其欲賜報曰俞俾其解組官庭還車故里披裘散髮逍遥垂盡之年鑿井耕田歌詠太平之樂其爲榮幸曷可勝陳

又劄子

臣此者伏奉詔書以臣再乞致仕未賜允俞恩旨稠重伏讀感涕臣自熙寧元年初有陳乞迨今四年之間凡八上表章五具劄子其懇悃迫切言意重複十冒天慈煩黷聖聽固已可厭而可責矣而蒙陛下未加誅譴曲爲優容八被詔音（一作答）丁寧慰譬比天地父母之仁可謂至矣然臣猶有不得已者臣前嘗奏

述古之爲臣不必伏於床枕然後稱疾不待廢其支體然後辭官但其心力已衰不能勉彊則自宜知止而不可貪榮此臣前次陳乞之時所志止於如此爾蓋自守毫逾今又已四年身比前日加老則氣血比前日益衰而疾病比前日益不支持但未伏床枕廢支體爾此臣不能自已者也臣竊伏思聖君久已察臣區區而未允其請者必以臣歷事三朝最爲舊物聖恩眷眷未忍廢棄而年又未及去之太早耳然臣前又嘗奏述今之致仕與古之人不同恩禮優幸不爲廢棄至於年未及而早去亦今昔人臣常事臣竊

見實録所載太宗時有太常少卿孔承恭者年纔六十一便乞致仕太宗皇帝欣然許之仍特降詔書襃奬以敦勸人倫蓋當時議者不以朝廷許承恭早去爲非而但稱承恭之善又以有臣如此可以勸勵風俗自爲朝廷美事也欲望聖慈少紆聽覽果若致仕優幸不爲廢棄雖年未及又議者不以爲非而反爲朝廷美事則理無可疑而臣若蒙哀憐得遂其請則上不損朝廷之體下不失優倖之恩而又竊知止之名爲一時之佳事則臣之受賜者多矣臣不勝意迫言煩惶懼激切俯伏待罪之至今取進止

第三表同前

臣某言今月二十一日準樞密院遞到詔書一道伏蒙聖慈以臣再乞致仕未賜允俞者恩深煦嫗感極涕洟雖情有迫於危心不知自止而辭已窮於累牘幾至無言惟以至誠期於必達自乞憐於君父不復訊於蓍龜臣某中謝伏念臣家世單平性姿中下少從官學本免飢寒不自意於遭逢遂進階於華顯然而群材方茂蒲柳未秋而早衰衆駿並馳駑駘中道而先之而況荷難勝之任用竊踰分之寵榮風波憂畏而慮已深疾病侵凌而老亦至故自辭於機政即

願謝於軒裳蒙上聖之至仁念三朝之舊物毎曲煩於訓諭久未忍於棄捐竊惟臣之事君必本忠信言不顧行是爲罔欺而臣口日誦於田閭身坐貪於禄利可畏至公之議何施有靦之顔每自省循莫遑啓處是敢罔避再三之煩黷猶希萬一之矜從伏望皇帝陛下特軫天慈俯回睿聽察前言之可復蓋屢請者有年哀下愚之不移俾卒成於素志徇其所欲乞以殘骸臣若得上還印綬於有司自駕柴車而即路晚節知無於大過没身永荷於鴻私

謝致仕表 熙寧四年六月

臣某言今月十七日進奏院遞到勑告伏蒙聖恩除臣太子少師依前觀文殿學士致仕者愚誠懇至曲軫於皇慈寵命優殊特加於常品本期得謝更此叨榮臣某中謝伏念臣猥以庸近之材早遘休明之運不通之學既泥古以難施無用之文復虛言而少實是以三朝被遇四紀服勞蒙德重於丘山論報亡於毫髮而年齡晚暮疾病侵殘輙希知止於前人不待及期而後請自陳悃愊屢至瀆煩既久歷於歲時始曲蒙於開可仍超加於異數非止賜於殘骸道愧師儒乃忝春宫之峻秩身居畎畒而兼書殿之清名至

於頭垂兩鬢之霜毛，腰束九環之金帶。雖異負薪之里一作重，何殊衣錦之歸。使閭巷咨嗟，共識聖君之念舊；搢紳感悅，皆希後福之有終。豈惟愚臣獨受大賜，此蓋伏遇皇帝陛下無私覆物，博愛推仁，以其夙幸遭逢，密契風雲之感會，曾經服御，不忘簪履之賤微，致此便蕃，萃于衰朽。雖伏櫪之馬，悲鳴難戀於君軒；而曳尾之龜，涵養未離於靈沼。餘生易畢，鴻造難酬。

乞免明堂陪位劄子 熙寧四年八月

臣伏準今月二日詔書，以明堂大禮，特令臣赴闕陪位者。臣竊惟大饗之禮，國家盛典，千官分職以奉事萬國駿奔而在庭方以老病衰殘退伏閭里尚蒙天慈曲加記録特賜詔召俾與侍祠之列此臣子之至榮至幸豈臣克堪而臣不幸早嬰災疾瀝懇累年近蒙聖恩許以歸老而自春涉秋舊苦增劇脚膝細瘦行履拜跪艱難伏況祠事恭虔出於彊力而臣迫此疾苦不獲祗赴召命無以上副君父記録愛憐之恩臣不勝皇恐

謝免明堂陪位表

合宫大啓爰講於上儀明詔忽頒俾祗於嚴召被恩言之優渥撫病質以兢營臣某中謝伏惟皇帝陛下

仁聖聰明憂勤慈儉遂羣生而涵育臻至治於和平乃因萬物之成秋爰即九筵而展禮陟降薦獻百官以職而各供贍受福釐一人有慶而咸賴而臣近辭印紱方伏田廬當與庶民並蒙餘澤敢期睿眷尚録孤孱俾陪在外之臣來預侍祠之列載念臣自緣災疾幸獲退休殆未踰時尚嬰舊苦雖朝廷禮樂之盛得與者為榮而犬馬筋力之衰告疲而已久既不能於策勵姑自信於奇乇太史滯於周南惟知歎命子牟瞻於魏闕但極馳心

謝明堂禮畢宣賜表 熙寧四年九月

臣某言臣今月十七日伏蒙聖恩特差右班殿直王昌賜臣衣一襲金腰帶一條銀器一百五十兩絹一百五十疋米麪羊酒等者太室精禋方集神明之貺篳門增耀亦霑慶賜之優祗受以還兢營失措臣某中謝伏惟皇帝陛下垂衣致治盡志奉先率循三歲之舊章時舉季秋之大饗四方萬國執玉帛以盈庭羣卿百司潔豆籩而恭事而臣以衰殘之病質荷寬假之深仁方居畎畝以偷安莫覩朝廷之盛禮璽書賜召不遑祗命而趨使指就臨特被匪頒之寵此蓋伏遇皇帝陛下容之大度推以至慈念簪履之雖微

猶爲於舊物閔桑榆之向暮俾慰其餘生惟嗟犬馬之已疲莫報乾坤之大施

代作三首 續添

代進奉承天節絹狀

右臣伏以重熙纂歷載誕啓辰正宁陳儀允昭於嘉會賡邦修貢咸効於駿奔前件絹三壤所宜九賦攸出備諸宰旅實纖篚以非工竊比野人得美芹而是獻虔誠斯至欣頌咸同

代進奉土貢狀

右臣伏以百嘉咸茂允賴聖功九貢所儀備存方志

前件物出於蘭稅載厥仙經䟽密有程甘馨可采以時述職展六尚之攸資向日傾誠保億齡而是祝干浼宸造臣無任

代薛仲孺乞御篆神道碑狀

右臣輙瀝哀懇上干睿聽人子之志蓋急於顯親天心至仁仰冀於從欲伏念臣先臣奎早以孤直遭逢盛明自結主知參預國政讜言忠節著在朝廷遺德餘芳宜刻金石伏見兩府舊臣之家所立神道碑多蒙聖恩賜以御書名額臣今欲於先臣墓隧刻立碑名欲望聖慈特賜御篆神道碑額所冀神翰之光照

臨幽壤不獨榮其後嗣實以勸於事君謹具狀陳乞

以聞

表奏書啓四六集卷第五

辭免青州第三劄子

緣臣（此上一有蓋字）

[illegible]賜漢書表

皆既（一作[illegible]）

乞青州第一劄子

憐憫（一作矜憫）

第三劄子

恩詔（一作明詔）欲求（一作欲乞）

謝擅止散青苗錢放罪表

三聖（一作三朝）

[illegible]宣徽使第二劄子

衰病（一作衰疾）

□□□致仕第一表 常制一作常典 悃愊一作懇悃 嚮由一作曩由

永緊一作永依

□□表 曲加一作曲煩 砧鑕鑕一作貿

□□劄子 言意重複一作言重意複

免明堂陪位表 在外一作在位

□薛仲孺乞御篆神道碑狀 碑名名一作銘

表奏書啓四六集卷第六　歐陽文忠公集九十五

上胥學士偃啓　天聖六年

某聞在昔築黃金之館，首北路以争趨；附青雲之名，使西山而起價。誠以求千里之迹者，先其市骨；得一字之寵者，榮於衮章。而況天下之風采，聳聞口吻之雌黃，並出以末塗之佁儗，説定鑒於妍媸。目論所加，能令重於九鼎；髦端或倚，可使逸於太霄。是宜彈重跰宿春之勞，懷漫刺署里之字，鋪論有素，題品攸歸。伏惟某官稟粹天英，抽華道秘，虹蜺遠映，拂霄堮而垂光；黼黻摛文，絢雲河而發藻。遊士鄉而著品，入聖域以踐優奕奕之聲軼前良而通美琅琅其璞瑞昭世以稱珍爰自覽煇下翔階木特起掎袂於羣英之轂頖弁乎千齡之辰列坐棘以聯曹署法庭而奏讞若若懷綬宛轉於一綸翹翹聘車雍容於半刺陳仲舉以題輿而擅美何恭祖以纚幘而馳稱垂腰佩刀見賞三公之器追鋒給傳終膺雙武之皮第連最以推高貢初儀而上獲公車以兩令而持牘綈几以十篇而奏文禪衣曲裾暮召犬臺之對尚方給札霈灑鴻都之毫雖西崑者册書之藏是開乎仙室而東壁者文章之府載郁於時風居爲顯化之階式是育材

之地爰膺麗正之選首被集仙之名白蟬芸簡以生香茲焉辟惡紫袷荷囊而備問最近清光固已丹轂解嘲天祿草經而擬聖金刀博學太一秉藜而下覿須緣泛駕之求亟發違行之訟恥從吏對出檢猾商謂軒冕之儻來視同於寄物履名教之中樂坦照乎清襟旋闢掌於郡條久從容於別乘一麾出守固雅尚之所存千里佩青乃上心之攸注距楗江之清郡摽軍壁之上游犬鼇之警無譁賈室之繁甚富足以坐棠聽訟閉閤凝神秀野頒春過衢皐而倦目清言捉麈臨雅俗以鎮浮然而未央居半夜而生思安石

以蒼生而待（一作特）起望之補吏意雅在於本朝主父出遊帝已嗟於見晚行奉一封之傳入隨三節之趨見堂堂之姿送之迄目對顒顒之表威不違顏登涉乎赤墀之塗進重於高門之地卓然遠韻度越諸公霑芳潤者漱其清芬仰龍光者思其（一作於）末照英風有煥物議攸歸矧此妄庸盍希品目伏念某社樗櫟槁膚橐鈍昏抱器質以何堪賦天機而甚淺睎髮華旦徒跂於清流措足英躔終慙於遠到自遺家之不造早遂（一作逢）生於百憂茹歎之音悲存乎手澤動明之韻遠失於先時西華以孤露而見哀庾信以流離

而多感矧復齊氣多緩秘筋甚駑乏朽木之先容無一錢而爲地旁魄而論都邑則被傖父之訶頑鈍以取世資但聽斲輪之晚終非令器第困窮塗一昨竊萬家之應書隨重車而上計方策條對虗至猥并雅拜匪儀失於盤辟甘觸聞而引去但飲墨以蒙羞卧漳濱而養痾寢身兹久弔湘纍而感賦此語迷招當樹之於無何宜匠者之不顧而或竊先生之餘論企諸公之未暉聞伯夷之名增其懦氣伏海濱之下久以望風是敢强飾固陋之容厯伸伏拜之謁繳窮愁之汗簡奏蕪累之庸音竊覬崇闕將壓隱几登太山者

小天下在培塿以宜慚奏咸池而張洞庭非蛙咬(一作蛙蚊)之可度然(一作伏)遇其官量陂無際宇蔭甚穠(一作濃)推轂成猷噓枯振德裏陽秋於皮裏不言備乎四時吞雲夢於胷中兼容蠢於一介幸望許承音旨少貶光塵曲垂褒遂之私俾獲題評之目如是則六轡在手驥足何滯於蟻封五色成文樂節或資於牛鐸荷恩有素累牘奚陳

胥學士答啓

伏蒙眷私以盛製文筆二編先之長牋爲贄者恭以其人象興異禀龍轉至珍奉奕世之貽謀克隆堂室

傾群言之妙旨深達㴱源伏（一作「脹」）膺聖域以惟勤策足俊躔而迥異敏學該爭變貫莫識極於覃研秉節高奇發清吟於梁甫綈交名勝綴雅聚於蘭臺飄飄之逸思無窮籍籍之芳塵自遠偶蚴一飛之翼行躋多士之魁何誤采於虛聲辱遠垂於厚顧方披睟表遽捧雄篇悠探賞以忘勞信窺側而靡暇幽意絢於道德高義溥於雲天飛梁適麗以盈箱彫繢紛華而滿眼賞孫詩之零雨何止一章賛沈賦之碓星豈惟數句固將備西崑之玉府奚獨易東堂之桂枝允矣難能誠哉可畏雖事衢自至靡資左右之先容而名

路共成敢惜齒牙之餘論

謝胥學士啓

近贄蕪音仰塵紬凡載形答復深極褒稱弊帚無庸愧藏家而自享重言外獎干尺牘以必珍始繩窮而匣開爛然在目旋骨驚而心折至矣聞音退揆頑踈陰加震疊竊以昔者魯衮垂乎一字寵極於華章汝月更乎坐評自成於往法得河南之口占多藏去以爲榮獲江左之筆蹤則神明之來復至有不喜人事常堆案而弗詶靡答私書或矜才而格物未若翠緌鳴玉之彦蘭臺金馬之英品風流坐正物之源交士

林忘公侯之貴俯存寒素之目毋容謦咳之音鬼墨
流英洒鴻都百金之筆犀談對客發荆州一日之函
有煥私藏因爲殊遇某倥蒙惟舊操撿弗支之沃若
之軒髦有尾分之長醜顧右臂而爲彈早歎荼疲雖
左肘之生楊徒能殫化爰以自童髮之交剪浴聖日
之光華勉紹箕裘懼隳門素冠乎枝木莫踐化人之
場鈍若神槌爰對囊錐之穎一昨與僃外計續食縣
官之郵召詣中臺果玷浮華之目州閭貶於素論簇
衒棄於祭芻委末路而弗振與清涂而自隔然或鼓
舞至化呻吟夔儒効騷人之鬱伊慕漳濱之模楷品

之上下曾弗齒於鍾評擲中宫商宜遠慚於孫賦奚辨麗而可紀徒戭𢿱以興譏何弗避於詆訶輒外彰於嗤鄙踸踔短韻迨無取於鞶帨盧胡見貽乃自珍於乾璞所期用覆醬瓿譬十年之練都投置皮箱資一笑於相樂伏蒙某官憫𦳝愚之無似加品目之惟優醜以愛忘音緣賞奏許上修名之謁獲仲拜德之恭後堂執經飫陪一肉之賜西齋坐宴窓覩三雅之歡執如意以指譚務車轂而推引噴咳珠玉大小以之成珍指顧飛沈眄睞於焉起色出乎望表溢乃情涯而復俾十倍而增榮示一嚬而爲爽當黷閽之多

暇枉虞筆以摛文縟旨星稠䌽牋雲落布帛之言甚暖綦以秋陽齒牙之論所加重於大吕譬以明月闇投於人不意此音猥來入耳謹當納藏行楮歸耀當閭襲以十綈爲天下之至寶脱復一讀解躰中之不安貴洛紙而爭傳與吳刀而共布隱恩所及頂踵奚勝

謝國學解元啓　天聖七年

右脩啓伏覩解文濫膺名薦肄三合雅方列於胄筵旅百在庭遽陪於方貢惟遴柬之彌衆叨首舉以爲榮飾讓無從循涯有溢竊以姬庭講治務多士之思

皇漢席遲（一作優）賢以得人而爲盛然皆謹能書而上獻始揚進造之名隨計吏而與偕乃署秀廉之等一適謂之有德九變選乎知言所以樂育群材並贊郁乎之化潤色鴻業協暢炳然之風用登至平皆由此道而況成均講藝昭五帝之遺文辟廱環流聳三宮而對峙自京師而首善俾天下之向風卓爾丕彝垂之來葉皇上握褒文而統理坐法宮以垂精並舉豐規丕揚先烈恢迓衡之至治擥入彀之群雄躬孝武招徠之勤紹永嘉敦樸之舉取之數路並用文武以兼通託之百朋思講天人之相與並申辨論之法持

爲孝秀之門責士著以占名謹一作詳鄉評之清議一郡國之衆咸一作或使得以應書百孝廉之群皆勸令其趨駕同以厚一馬乘軺之聘光束帛賁園之招張羅挂雲盡取於逸翮傾崑取琰無復於遺珍超振古以無前契千齡而猶是而復詔大胥之掌版登遊倅於上庠謹從事以新書先考言而明試才可嘉於辨麗擇之妍詞言析理以精詳求於閎論當此三道使無諱以著于篇對有百人盡揮毫欲善其事自非行能高妙業履優殊闚覽乎九家之流含漱乎六藝之潤講乎高誼而已久識必研幾施之當世而可行言

皆詣理則何以當重圍之樹棘並列於名聞佩後席之容刀得趨於臺試如脩者天機甚淺俗韻素冥壄未徹於一皐器不買於當世瑣尾成乎長醜寒素本乎後門撫頑鈍以無庸常拙艱而茹歎首戴蒲而服業早失先疇書剖橀而發函僅存手澤毀瓦居慚於志或作求食不龜安可以得封勉爲佔畢以呻吟動取戲儒之詬病晞髮光華之旦徒慶於逢辰策足英雄之躔奚能於遠到嚳因續食於縣次獲陪待詔於公車對策無爲終以空言而罷雅拜非禮幾坐舉者之人辱皮相以堪羞耗心氣而都盡諱窮極於反袂鎩

羽嗟其觸隅學揣摩而不成反嗤於丘嫂旁離騷而發詠幾吊於湘纍志銷落以堙沈迹零丁而孤苦頃自脱身僑籍著録師黌學狗曲以見譏肄鱣堂而卒業入梁兹久敢期英俊之並遊論都未成殆以傖荒而見隔對合鰭而記食躧詑屨以倦遊會深詔之急賢俾命鄉而論士靡慚衒鬻之技上充駈殪之求輒以復來勉兹再鼓當翰場之斯闢接雋軌以並馳耗千兎之毫筆不停而爭綴舉連帷之袂袘何白以太紛曾是鯫生最當前列躑躅燥吻舌不下以喬然彫瑑曼詞思彌枯而兀若率有枚生之累句僅同雎苑

一作範之後成日佇報聞陰圖引去夫何濫吹之曲誤中程文之規用冠譽髦越陛上級屏閤誤墨本無望於成蠅竈下焦桐豈有思於爲器玷兹褒采實駭群倫顧搊粃以增羞在冠鼇而曷稱再循竊據實用靦顏此蓋伏遇某官表燭群倫丹青上化雌黄在口捉麈尾而不休翦拂長鳴託旌一作旄端而可逝因興民於三物務推轂於諸生致此妄庸及於甄采敢不仰銜提獎益勵進脩磨鈆鈍以爲銛策蹇步而睎驥侈兮箕舌已皸糠而在前沛乎鴻毛使培風而直上用於知已答乃初心過此以還未知所措

謝進士及第啓天聖八年

楓宸蠖濩，方贊趨而在庭；雲幄靚深，遽臚傳而唱第。竊顧無庸（一作用）之品，仍躋異等之科。祗服寵靈，實增震悸。竊以思皇之詠，多士雅頌播於姬庭；間出之有異人，文章炳乎漢德。選知言於九變，東都下深詔之辭；開孝秀之一門，唐家有得賢之盛。皆所以招徠時彦，樂育人材，講求精祲之原，潤色帝王（一作皇）之美。卓爲往範，垂照來今。丕哉文物之華，屬我神靈之運。國家右賢興治，若古敷猷，休聲塞乎淵泉，至德湧於烽火。彌文上化，疏壁水以環流；儲精太寧，坐蒿萊而講道爛乎舜日之晏晏煥乎堯章之巍巍而且優游巖廊夢想豪俊下賢書而旁午諭上意之丁寧後詔策於廉科謹鄉能於歲舉馳封一馬使者在道而相望翹首群英天下嚮風而咸靡遠計車之偕上首方貢以前陳委寘侍之鉅賢先春闈而覆較纏筆署乎重棘奏可而後行錦几坐乎中楹親臨而明試森陳奏牘遠兩令之不勝精閱書衡幾百斤而未止自匪該明治具佩服儒規行實謞乎徽猷識宇包乎賢業寖明寖昌之畢講學際乎天人之交至纖至悉而不遺言達於國家之體則何以上當乙覽筴中甲科聯後

乂以服官陪英雄而入彀如其者風猷靡立操植素淪樹樗甚乎液樠膏橐嗟乎昏鈍戴枝冠而諫誚切愧命儒問天一作尺咫以不知終然憯學加以素鍾舛運生遘百罹自翦髮以交垂已不髦而茹歎遂耕夫而衣襏早去先疇署生版以占名轉隨僑籍流離未路佁儗後塵借譽羣公之遊本無題目接足諸生之後多見排拫嗟戚際之親逢忍窮途而自竄陪貢廉於百郡每與計偕飲試墨之一升嘗從罷去退慙踸踔數此隻奇撫骨嗟乎淪鋪卷耳甘於藏宻然而良裘學冶惜先芬而懼隳忝毋髮垂星感親闈之思養末

及裒於駒齒勉自奮於駑筋乘下澤以去鄉棄裂繻而爲誓車騎之甚都之雅風塵有化俗之勞上國連衡仰攀於俊軌橋門掎（一作倚）袂獲覘於邦光會迮駕之求才輒應書而充賦以孝廉而射策本無百六之能自衒鬻之上書蓋逾千數之衆逮漢庭之籍奏咸以名聞同矍圃之去賓僅有存者顧（一作故）惟庸妄首玷甄陞獲召於公車之庭給試乎上方之札致狂言之誤擇叨署第以開榮若若飛華交垂宛轉之綬諄諄其誨載聆郁穆之音浸雲澤以芬流沐天光之下燭竊慙鉛鈍嘗厠翰場屢以下中之才當爭第一之

選宜不失於舊物期仰荅於知人然其戰屢勝而後驕鼓至三而乃竭綆短褚小嗟遠用以奚勝弓撥失鉤惜前功之皆廢誠以九閽坐狄百戟森庭就列瞻天駭威臨於咫尺爭觀落筆紛立若於堵墻怳訝鈞庭之夢遊驟覺軒霓之驚去僅成牽課靡中科程瀆睿覽之至精宜報聞於獨罷尚賴黈纊之過聽兼求箕斗之虛名謂歎揚之在前常先於羣彥以薦藉之良厚重違於大臣猥自下流參聯上列省逢辰之至幸實叨恩之有因此蓋某官闡繹帝猷雍容朝首粉澤光華之治表燭薦脩之倫膺上心之柬求主斯文

之盟會言皆有味務推轂以彌勤先爲之容俾朽株之見用致益孱瑣及此抽揚敢不慎服官箴遵修士則鞭後策足更希遠致之塗鎔金鈞泥尚依陶者之力誓殫用拙之効少酬再造之恩過此以還未知所措

代王狀元拱辰謝及第啓天聖八年

右某啓云云坐狄啓康並集千人之俊賜袍在笥驟紆一采之綸矧惟蕞爾之軀仍玷褎然之首仰膺渥渙伏積震惶竊以周陳三物以賓賢必慎乎命鄉之選漢開數路而求士乃盛乎得人之稱用能暢郁乎

之文一變而至道飾炳然之化二代以同風闡是齊明之猷允屬神靈之旦國家景炎興運赤伏膺圖數四葉以重光式九圍而用乂銷鋒偃革外憺乎靈威卷領垂衣坐朝乎夷憬上方穆然無事監于太清崇庠序以興文飾弓旌而招俊華歌式宴咸預於計偕澣棘樹園載嚴於籍奏敞中楹而親試署異等以精求所宜得命世之偉才爲一時之清選夫何么一作側陋前玷寵光如其者業履空疎才猷散戾門緒本乎寒素人品幾乎下中竊逢待旦之盛期寖被右文之上化激昂稚節策發蒙襟溲雞白以樹碑偶能於童

戲炙簡青而嗜學常訪於師嚴徒有志於雕蟲僅不成於刻鵠陸機閱史尚靡識於撲犁枚皐屬文徒率成於骫骳早緣妄動竊企英游貢版齋行常從於末薦佩刀脱去尋觸於報聞何天幸之聿臻邁賢書之荐降濫乎事舉猥以名聞洪惟聖治之光華蔚有俊才而還集並進乎千篇之牘精覽於百斤之衡曾是孤生絶企殊級豈期庸鄙偶中科程挅乎一日之長冠乃諸生之列既行能之無取加世胄以非高踸踔後塵迹靡參於俊軌雌黄餘論名不齒於人評驟從底下之才擢居第一之選顧掎裳之在列誠揚粃以

貽譏明命已行固無容於反汗多言可畏諒彌甚於鑠金豈非思致異才揖怒蛙而茲始將招駿足假死骨以爲先則何以靡遺讓薄之姿偶首清明之舉再省循而是懼實獎擢一作拔之有因斯蓋伏遇某官黼黻斯文丹青至化嘉猷屢進務推轂以爲先賢路一開使騰夷而有始敢不仰銜恩遇進勵操脩循士則以爲勸佩官箴而有守在鈞以播既由陶者之爲摩頂無忘誓答知人之賜過此以往未知所圖

代謝唐簽判命啓 天聖八年第一甲

伏自某人飛策上第就辟初筵千里奮乎鴻軒方訏

雀知之晚一木爲乎大廈豈無燕燕賀之私屬被責於吏訶方罷歸於士伍翟公之門有大署意欲謝交嵇康之性不便書䆗而成懶屛居田里遂隔音徽豈謂某官俯示存臨過敦禮意延金延玉堅乎久而不渝如璧如珪問以音而厚賜服勞謙而自牧若飲醇而醉人恭佩恩勤敢忘寢寐伏況以英英之善譽丁晏晏之休佷德行中乎妙科謠諆參乎大府運籌帷幄豈足盡於上才垂光虹蜺固莫量於逸致内惟衰退但積欣愉

答李秀才啓

脩再拜天錫友兄足下此月八日叔父自貴郡回輳首

得所賜書教一筒開闔數四歡喜無量逃虛既久驟聞足音以跫然迷寃若招縜歸常幹而來此惜乎一失交臂之舊（一作樂）再見回星之周薰歇燼銷壤斷土絶昔人以三月不見尚或嗟於生鄙羣居久離則弗能於無過況孤矇之有素邈師友以斯疏妍皮裹骨而益癡獨學面牆而奚嚮薰濡弗及寡（一作孤）陋已增豈意此音猥來入耳羨乎（此四字一作人且羨羨）溢雲紙以摛思掞春華而發藻厚乎養鳥誤奏咸池之和谿若覩天驟發醯雞之覆茲焉匠（一作五）者之規矩誓訂濵之模楷承平居之無俚方枕塊以罹憂不見齒而三年合乎禮制加於人之一

等時以孝聞願思肯構之不忘無使過哀而至毁而況天錫標（一作振）絶俗之儁軌包大賢之茂器學兼九變辯雕（一作智刻）萬物竊伏一鄉之評宜首幽人之聘而屈試方策見枉有司薦紳究嗟道路譁鑠且夫好惡之異古今所均仲尼至賢乃取侮於盜跖帝堯大樂猶見非於墨子撫絃在乎流水難矣賞音珍髭鬻於九戎誰其識寶使懷道而委莽動直士之盱衡然而泰先否而後傾禍爲福之所伏鷙鳥將擊先卑而飛流川久壅其決孰禦（一作必）在願養高而全道密中藏而竢時掩乎十仞以韜光去則萬里而不息良工晚成者器必大寧以朴而示人

遂水（一作筴，又作末）先至，若驥之能，豈與駑而爭路？斯皆雅量之素蘊，誠非兩好之濫言。其之妄庸，本無似肖，誤蒙甄擢，遂見収齒。衆珉入寶，至璞使之見遺；我輩登科，前賢所以媿讓。循涯已濫，靦目無容。江關複重，音問睽阻。時旣昬而將暮，人在陰而鮮歡。遡懷英俊之並遊，恨無羽翮而飛肉。冀綏吉履之福，以迎來譽之光。紙盡筆窮，辭不逮意。

與西京留府交代推官（仲簡）啓（天聖九年三月）

某啓：此者竊吹（一作玷）下科，濫巾（一作升）大府。懷檄之嘉（一作喜）容外見，迫感於逮親；負薪之疋力不彊，靡遑於媿讓在業官之資，始懼傷錦以貽譏。況上邦英俊之躔，大相熒煌之座，幕中諸彥，泛泛蓮池之賓；門下並遊，一一蘭臺之衆（一作聚）。勉策駑筋之緩，仰陪庠聘之珎，問祈招而不知，因懇諮訪，奉南陽之坐嘯，曷有善謀，賴乎天幸之然，續於賢者之躅，睨伐柯而取則，獲企前規，告舊政以乞靈，得師餘矱。已積想風之慕，彌增竊抃之懷，俟爇墨以戒辰，即齋行而首路。傾依（一作系）之至，談悉非終。

謝人投贄啓

伏蒙某人寵貽妙製，兼枉長牋，欽玩懿辭，慣銘丹臆恭以某人機神邃茂，識理淹和，徽名籍布於士鄉，睟表挺生於王國，言章絢美，搴六藝之英蕤，精（一作奇）思緒蘊華，漱五河之芳潤。揆茲逸軌，冠乃烝髦。今國家崇東駿珍，寤求孝秀，下細文於方國，騰賁帛於丘園。而某人夙蘊瑰材，襃膺溫詔，占磐鴻而啓繇，俟苹鹿以送實。顧以某體質頑踈，聲猷隘薄，誤中程文之選，猥參籲俊之求，承版謁以見臨，袖瑶華而伸貺，仰銜清眷，荷褒袞以奚勝，載抉蒙襟，念英瓊而曷報。欽降至極，數染奚周，所示盛編，輒敢留借。

謝石秀才啓

某啓累日前伏承惠然見過仍以嘉什一筒寵示者獵纓拜賜刮目披文紙弊墨渝不能捨手伏以其人英躍逸軌天驥上才好學屢空浸潤淵源之奥知言九變窺見天人之交久已擅一鄉之評早亦應萬家之令然而奏磬俚耳難矣賞音抱石荆山終爲至寶而自慕幅巾於衡巷乘下澤於鄉閭晦丘園之養高輕鳳纁而堅卧冥飛已遠笑弋者之何求齷齪坐談嗟律魁之獨棄而以錦帶居士白蓮社人効菩薩之坐家去塵自遠掃維摩之一室敢入者稀是宜邈爲方外之遊隔乃（一作比）俗中之軌而乃過存庸妄曲借獎

題因隱几之閑居抽吮毫之餘思灑乃藻麗用飾愚瞭為鼷鼠而抉機僅成輕發養鶢鶋而奏曲徒使眩悲矧夫峭格峻高春華掞美暢來雲依月之句擅落花映草之評內惟棗鈍之姿奚稱褒衮之寵去天尺五巳服於清標和者數人陵闈（一作階）於絕調未遑賡報徒用覥慙

上隨州錢相公惟演啓（明道二年初惟演以使相判河南府後落平章事以崇信軍節度使歸本鎮）

此者及期被代投版言歸宿官早愧於迷方書課廛能於自脫徒以無庸之迹曾希一盼之榮當懷撽以

云初屬擁旄之方始相公坐於雅俗鎮以無爲民豐四輔之年市息三九之盜行郊憩樹絶無兩造之辭託乘載賔惟奉百金之宴而況西河幕府最盛於文章南國蘭臺莫非乎英俊豈伊末迹首玷初筵至於憐嵇懶之無能容禰狂而不辱告休漳浦許淹卧以彌旬偶造習家或忘歸而終日但覺從軍之樂豈知爲吏之勞芘德已深遊藩未幾既而持山國之瑞節改戎乘而啓行荆州遽失於所依周南遂留於滯迹稍以引去無復並遊之人巋然自存時有思歸之嘆每臨風而結想徒零涕以懷恩相公以彝鼎之勲極

公台之重獨立不倚群言互興中山之篋雖盈南海之車終辯繫辭有云崇高莫大乎富貴古人歎曰富貴必覆於危機伏惟推盈虛消長之言究動靜吉凶之理秉珪璋之德何卹瑕疵挺松筠之心不變霜雪雖流路之謗未免三年以居東而在廷之臣豈無一言之悟主俟闢來復以慶終亨願無以理而自明當要既久而復見區區之志實在於斯徒有戀軒之心未知報恩之所

謝校勘啓景祐元年用王文康公薦入館

仰服恩榮實增震慄竊以校讎之職是辨一作正爲難

委方冊於程文折群疑於獨見（一作斷）朊絢組之三寸簡編多前後之乖并盤庚之一篇文章有合離之異以仲尼之博學猶存郭公以示疑非元凱之勤經孰知門王（一作五）而爲閏況乃西崑冊府備帝者之來臨蓬萊道山非人間之所見自匪識窮元本學漸淵源究百世之放紛揔群言而博達則何以效官天禄對青藜而屬書抱簡羽陵拂白蟫而辨蠹如脩者器惟庸妄族本羈單雖出逢千載之期而生有百罹之苦入橋門而著録最後諸生闡月旦之坐評敢希一目徒以浸潤聲明之代優柔教育之仁過時之年已捍

堅而難入少作可悔終雕刻以無功早濫吹以決科旋釋巾而補吏逮親而得斗禄雖慰於予心歛版以揖上官遂成於俗狀學久矣而將落思兀然而欲枯進無取當塗之資退已失故時之步歲月其忽徒有志於分陰英俊並遊方問途而孤進内顧拙艱之若此敢懷榮遇以爲心豈期天幸之來特被柄臣之薦敢辱知人之美蓋因連茹而墮蒙曲造之并容俾考言而善擇顧無庸之末學已屢試於有司碩鼠之有五能盡於是矣鉛刀之堪一割其可再乎固無可喜之文過辱太優之等俾從賓席入預書林一進階而

可榮何勝於睿渥三下拜而聞命深服於訓辭天闕乍趨迷目睛而眩轉芸臺深敞近星象以昭回恣窺金匱之書坐費太官之膳内循忝據有溢情涯此蓋伏遇昭文相公奬物均私樂材推美圓方有範大陶冶以埏鎔高下不欺正權衡而輕重閔此庸懦曲以甄收誓堅頂踵之誠永荷丘山之賜

謝襄州燕龍圖肅惠詩啓（景祐二年秋時公自館閣謁告視妹家）

昨日伏蒙知府龍圖即席寵示五言詩一章者脩聞古者賓主之間獻酬已接將見其志必有賦詩託於咏嘆之音以通歡欣之意然而工（正一作）歌三夏使者

再辭及於皇華然後拜貺是則施於貴賤各有所當脩賤士也何足當之伏惟某官以侍從之臣當藩屏之任德爵之重與齒俱尊學通天人識洞今古綽有餘裕多爲長言談笑樽俎之間舒卷風雲之際成於俄頃蓋其咳唾之餘得而秘藏已如金玉之寶豈伊孱陋敢辱褒稱形於短篇以爲大賜伏讀三四且喜且慙譬夫四面之宫鏗鏘之奏愚者驟聽駭然震蕩及夫心平悸定然後知於至和在於頑蒙獲此開警然貺之厚者不敢報之以薄禮所尊者不敢敵之以平顧惟愚庸豈得賡繼但佩黄金之賜無忘長者之

言

夷陵上運使啓　景祐三年

脩近以狂言當蒙大譴荷乾坤之厚施全螻蟻之微生得一邑以庇身使之思過竊禄三鍾而就養猶足爲榮獲在公麻是爲天幸伏以運使郎中懿猷經遠茂業康時當一面之利權竦百城之威譽凡居屬部皆仰餘輝顧此孤生最爲沉迹時蒙眄睞曲賜拊存安其惶懼之心慰乃危疑之慮敢不銘之肌骨佩恩紀以無忘策其筋骸盡疲駑而爲報將謀就道即遂公趍瞻企門閫忻愉罔既

謝朱推官啓

某啓伏念某出自寒鄉本非茂器束髮州里絶無一日之評彯纓王畿竊階羣俊之後加以識非遠到才不及中惟至治之方隆顧上官之並恪蘋蘩之不失職咸盡其能庖祝之各有司悉共爾位豈伊下列遂敢奸官因忿躁之使然奮狂愚而不顧惡訐爲直仲尼之所深譏盡言招人武子之猶不免在於庸妄宜抵譴訶尚賴至仁特加寬議投之遐僻使自省思猶寸禄以事親守一同而庇邑有民與社足爲政以効勤退食自公敢忘心於補過是惟天幸徒自靦顔伏

遇其官式佐郡符屈臨賓席烜赫天下方想於風猷
從容幕中暫爲於府望是惟孱昧得庇光華然而從
事有便宜之權縣吏本徒勞之迹負弩而隨伍伯當
備前驅折腰以揖上官敢羞斂板況兹選懦素本孤
危犯忌於時竄身無所棄終道土過者踐之摇尾穽
中人誰憐爾豈謂其官哀其戇朴賜以存憐削去常
儀自敦高議猥因介使先辱長緘過形溢美之辭曲
盡至勤之意片言之辱榮於儀父之褒一顧所臨增
其大吕之律徒益撝謙之盛美豈宜鄙陋之敢當歲
律已殘寒威方肅更祈珍攝以副傾依

回三舍人充臣啓 景祐四年

伏審某官光膺寵擢入掌命書竊以三代之興兩漢之治蔚聲名之爲盛何前後之相望蓋以高文大冊之所傳遺風餘烈之盡在是以代言之任難乎命世之才至於雷動風行金相玉振至意難諭必盡于丁寧盛德有容兼資於粉澤適當休運允屬鉅賢伏惟某官識際天人學通今古而自靚膺聖擇第中甲科聞乎風采而天下悚一作聳然論之人物而時無先者若乃從容禁署潤色皇猷使德澤之流下淪於民髓文章之盛交映於國華遂階榮塗以致公輔斯皆雅

度之素藴考於羣議而猶稽豈惟愚矇私獨稱賛其跡居遐邑名在罪人忽以踰時未能補過省孤危之已甚惟藏縮以爲宜豈望龍光之末輝希咳唾之餘潤匪期齒論猶録踈頑先以珍函越於常禮遺簪已棄尚以舊物而見憐窮谷久寒忽如温律之來煦幽憂併釋榮感兼深瞻望門閤無任飛越

謝李秀才贄見啓 寶元二年在乾德日

某啓自某獲罪於時竄身南楚楚之爲邑既陋且窮詩稱荆蠻以比戎狄羇游宦學之不至風俗言語之不通頑然因拘誰與爲偶孤陋之誚古人所憂今者

上蒙寬仁徙之善地始得與士君子揖讓進退周旋方將沐而薰之自與人齒秀才首迂玉趾贄以長箋升自賓階肅有儀矩開函啓紙粲然詞章蓋夫逃於虚空聞足音而尚喜友於賢者況邦士之所推顧斥簿領沈迷之勞以從閒燕仁義之樂區區之意言豈足殫

回轂城狄令啓

某啓此者縣徒云至書牘見貽載道鄙文曲加榮獎伏以其官以文飾吏學古任官講事勸功脩舊起廢示之典（一作曲）禮固已警於愚民刻以銘文又將貽於

來者足見仁人之意非惟吏最之優顧爾訥辭矧非善敘已然之諸將止以奚能既出之言雖追而莫及豈敢逃於衆誚但慮玷於清猷慙愧之誠敷陳罔罄

上執政謝館職啓康定二年十二月因崇文總目成書自館閣校勘遷集賢校理

脩啓今月日蒙恩以本官充前件職者受命之始榮懼交并伏以國家悉聚天下之書上自文籍之初六經傳記百家之說翰林子墨之文章下至醫卜一作卜醫禁呪神仙黄老浮圖異域之言靡所不有號爲書林又擇聰明俊乂之臣以遊其間因其校讎得以考閱

使知天地事物古今治亂九州四海幽荒隱恠之説無所不通名曰學士一日天子顧左右之人思宏作一閎博之彦出賛明命入承顧問遂登宰輔以釐百工一有取焉多從此出所以平居優游崇奬一作素服其業館以禁署食於太官詩菁莪之育人材易鼎飪之養賢者凡在兹選得非茂歟然而廩重職閑則未免尸禄官無吏責則可容幸人若脩者以寒陋之資被文藝之舉自初營職已與書筵於時上有鴻儒侍從之才下多群賢論撰之衆而脩方被罪譴竄之荊蠻流離五年赦宥三徙山川跋履風波霧毒凡萬四千里

而後至于京師其奔走之役憂思之勞形意俱衰豈暇舊學比其來復書已垂成遂因衆功豈有微効奏御之日鳧鴈而前例蒙褒嘉正以職秩雖因時而幸會實有靦於靣顔此蓋伏遇某官柱石之功佐佑明主鈞衡之任進退百官方疇衆勞不忍獨棄遂令忝冒出自生成在於顓愚何以論報雖未能著見德業以稱君子教育之仁猶可以作爲歌詩稱頌聖朝功化之美過此以往未知所裁

回滑州知郡啓 慶曆三年三月自滑倅召知諫院四月答此啓

伏審其官顯膺美詔移領陪藩彫弊之民方仰恩於

惠煦撫綏之術況舊著於政謠猥以下僚獲陳大府近膺朝命俾擢諫垣實自揣於非才豈敢同於飾讓日祈聰睿哀此孤蒙庶所請之曲從即依仁而有幸凡去詹企但切忻愉初暑方隆就塗甚邇伏惟上爲邦國倍保興居

回賀環慶帥天章滕待制　宗諒　謝賜龜紫啓

慶曆三年

伏以龜紫之重唐制所難武元衡牛僧孺爲宰相裴度爲中丞李宗閔爲學士方有是賜聖朝推恩廢位半爭朱藍然被之則負器藝兼名實者惟一人所貴

恭惟知府待制歷諫局以謇正聞領麾守以惠養及臨邊鎮靜訓士精研歲功遂成時議頗鬱果褒三品之麗特煥五府之光其在欣慰增倍衆多展慶未皇麾毫爲贈載仰明庭之命知瞻君子之容

謝知制誥啓 慶曆三年十二月

此者蒙恩授前件官并職者袛荷寵靈不任戰懼伏念某學非逮古材匪適時勵孤進以立朝偶四方之多事雖聖聰廣納獲盡狂夫之言而闇慮空勞未聞愚者之得方虞官謗敢冀主知擢自周行塵于華選代言禁掖已愧才難兼職諫垣猶當責重補報不可

以淺則憂愧不得不深此蓋其官過操庸虛嘗形獎飾致茲忝冒驟此寵榮敢不勉拙以勤誓身許國上酬天造次答已知懇悃之誠敷宣曷罄

上提刑司封啓 慶曆五年冬此後皆滁州作

伏念自臨貶所屢辱誨音霜雪方嚴見不彫之雅操蕙蘭其意佩可服之清芬慰此孤危奚勝感佩其人學通治亂識達古今奮經遠之才謨猷甚高之議論六條頒政早欽善最之奇列郡按刑行遷陟明之典隆冬式序保履惟和瞻企禱祈交于誠素

回校理邵學士必啓 慶曆五年冬

伏審召試棠庭，升華儒館，方思馳賀，遽辱飛牋。伏惟某人性稟生知，材惟秀出，學通今古，究明人事之始終，辭富典謨，煥發文章之雅頌（一作爾雅），蔚然茂器，藹著休聲。惟上相之知人，務薦賢而報國。況此圖書之府，素爲俊彦之遊，峻乃清資，豈止文翰之樂，茲焉養士，以取公輔之材。豪英既登，朝野共慶。顧茲淪謫，敢謂記存，已懷欣抃之誠，又積感銘之懇，患於澁訥，匪可殫陳。

回河北安撫王騏驥書

右脩啓。此者伏承顯奉朝恩，峻遷使職，寵光甚渥，輿論僉和卓然高世之才久蘊經時之略山川指畫千里如在於目前帷幄坐籌百勝無窮於術內是宜聽之前滕副乃沃心遂寬北顧之憂行正中權之任敢期眷與尚頋衰殘辱誨問以彌勤積感銘之徒切傾瞻企詠兼集悰靈

回賈狀元黯啓 慶曆六年

伏以狀元廷評行久著於鄉書聲素馳於文囿果先羣彥榮中甲科英雄入於彀中衆稱妙選風采傾一作駭乎天下爭仰餘光蓋以擢才之難近世爲重趍好尚而成俗則文章坐變其風繫利害於斯民則公輔

常由此出一賢既進拔茅皆可以彙征一士以已一作旌勸善不勞於家至得人之要其利若斯鴻惟治朝臻此盛事方深竊抃遽辱惠音顧惟棄置之餘宜此退藏之密久稽裁敘但切積一作悚惶

回賀楊翰林察啓同前

伏審其人榮奉宸恩入陞禁署伏惟慶慰恭以某人聲猷峻立德宇宏深學洞淵源煥發六經之蘊文含純粹邈追三代之風雍容侍從之華東注顒昂之眷亟由星掖入踐鑾坡天邑之雄雖暫煩於尹正國鈞之重行即俟於疇庸事業炳於丹青勳德光於鼎彝

寔繫縉紳之望非惟禱頌之私某幸守陋邦遥聞美
拜迹宜藏密非敢怠於致誠恩厚記存特辱垂於榮
問忻愉感愧交集難陳

上都運待制啓 慶曆六年夏

昨者解官河外竄迹淮壖顧乃孤危便於藏縮雖瞻
依之甚久在訊候以闕脩某人天稟中和材惟周洽
凜然風操早肅於朝倫蔚若謀猷實裨於聖治自輟
從於侍從暫臨總於劇繁足食疆兵雖並資於經畫
先機別事誠有繫於安危况成績之已彰佇褒功之
不次時炎燠若天宇泰然更冀珍調以符傾禱

回賀李待制柬之啓 慶曆七年九月

伏審肅奉寵靈，峻升侍從，得賢之慶，固宜發於歡愉；待罪之人，方自思於藏家，遂稽馳賀，敢謂不遺，先辱榮函，可勝愧色。伏惟某官懿文經國，敏識造微，學探姬孔之淵源，世濟臯夔之德業，立朝正色，凛風憲以載巖，造膝沃心，賴仁言之甚博，遂膺簡注，升著清華，上寛乃顧之憂，聊假有餘之刃，作時霖雨，當均及於疲民，秉國大鈞，實久顒於群望。凉秋之謝，嚴律將凝，冀爲邦朝，善綏福履。

賀文參政彦博啓 慶曆七年九月

伏以光膺制命，參秉國鈞，爰擇令辰，已諧禮上。伏惟

慶慰。恭以某人學通繫表，識照幾先，懿文爲大國之光華，偉望乃一時之柱石。上心所柬，適符賚弼之祥；輿頌載喧，久渴爲霖之望。果膺寵數，式副具瞻。進退羣材，運誠衡之輕重；調和元氣，登至治於升平。然後正台衮以代天工，列功勳而銘廟器，符爲元志（一作德）以重熙朝。某幸在陶鎔，惟知慶抃。商秋式序，歲物方成。伏請上爲邦家，精調寢膳。

回賀集賢韓學士（絳）啓　慶曆七年十月

伏承被召試文，升華儒館。伏惟歡慶。伏以某人天麟

異稟廟璉至珍學通今古之淵源言合質文之體要英躔高步羣俊聳（一作戢）以望風雄彀籠材妙選稱爲得士果膺帝柬入耀書林給札揮毫聳如墻而駭目奏篇稱善喧貴紙以傳都惟祕府之育賢乃熙朝之盛美優游歲課豈鉛槧之是專選取國材實棟梁之此出蔚然茂業奚測遠塗方懷抃躍之私遽辱置郵之問仰銜隆眷徒切愧誠冬序云初天和善保傾瞻感頌交集悰靈

上致政王太保啓

某啓昨者太保還政王朝榮歸故里暫留齋舫云止

陋邦竊省孤危方嬰罪謫一作譴逃虛易喜蓋人迹之罕逢道舊爲歡矧平生之有素特荷眷私之厚不爲位貌之嚴金玉之堅弗渝於彌久松筠之操獨見於大寒感慰所一作攸深幽憂如釋捨舟趨陸去險騰夷懷組鄉閭雖暫伸於夙尚追鋒疾置將入副於精求惟期善衛襟靈以迎休寵

回泗州通判勾龍都官書

右脩啓此者特蒙惠顧遠辱誨言副以雄編俾之拭目通判都官識窮淵韞學探本原一作元講於仁義之餘深得風騷之旨雜然衆體各極其精時無鍾期誰

識高山之意人非季札豈知治世之音矧惟朽拙之無堪方幸退藏而自屏敢期時彦不我鄙遺諭之累幅之勤貺以百篇之富四面之宫並奏驟聽於鏗鍠三歎之音有餘豈窮於杳默但駭夜光之投闇徒令海島之驚魂媿乏重言以起連城之價用爲永好惟期十襲之藏感幸之誠敷陳罔旣

回和州通判啓

自睽風表曠有歲時邈絶奉於聲塵蓋率奔於事役幸兹鄰郡首辱謏言締縟旨之勤隆若清徽之晤挹政條闕決難久滞於材猷臺彦飛英即入承於光寵

更希珍攝以副禱祈

謝黄巖李主簿啓

伏念爲邦誠樂懷舊則勞風月佳時久辜燕集文酒勝處動渴清狂亦惟愛忘未棄疏外猥蒙流問但喜拜嘉其官力學多文射策得雋枳棘甚賤非翔鳳之所棲杞梓惟材宜大厦之可用窮冬不雪多温少寒勾稽之餘畜神爲最益期勤懋庸迓升揚

回陳殿丞啓

伏念睽闊英猷貿遷時節竄身窮僻方便於自藏惠問周隆遽承於曲顧欽雅材之高妙播華譽以芬揚

貳政藩宣諒難於滯俊飛纓臺閣行被於寵遷歲律斯回陽和將布善綏嘉履以副顒言

賀文相公拜相啓 慶曆八年正月

伏審就降命書入持宰柄伏惟慶慰恭以某官際天蘊識名世摽才以文章甲賢科以忠義擬臣節華要之選翺翔逮周素蘊内充所臨必最化行右蜀政貳中樞屬邊寇之肆狂仗使威而殄滅暫形籌略已取蕩平還居廟堂副聖主仰成之意坐調鼎鼐洽群生咸遂之和凡被陶鎔皆知抃頌矧居庥列實倍常情

表奏書啓四六集卷第六

上胥學士啓 蛙咬蛙一作哇

胥學士答啓 雄篇一作雄編亭衢自至至一作致

謝胥學士啓 兎墨一作墨兎犀談一作談犀操撿一作撿操

謝國學解元啓 對有疑是對者彫瑑瑑一作琢

謝進士及第啓 緘啓新範首云伏蒙聖恩賜進士及第仍當日釋褐者實增新範作伏增萬萊新範作萬宮明堂也見大戴禮爛乎舜日之旻旻新範作爛兮舜日之旦旦見書大傳卷耳新範作卷迹化俗新範作化素而後驕新範作而則驕無求新範作無牧此蓋某官此下頌德新範云潤色丕猷述宣上德當物鈞而獨播式繫陶者之爲執鼎上以變和謂成天下之化招徠衆善官使群才樂在阿而育賢助尊天而呼俊遠致新範作遠到尚依陶者之力新範作尚假良工之化

此謝字執者前本乃謝某官其全篇當以新範爲本

代王狀元及第啓 世胄世一作地以播以一作已

代謝唐簽判啓 飛策策疑是筴

答李秀才啓 取侮於盜跖取侮一作低頭筆窮筆窮一作墨窮

謝技勘啓 盤庚之一之一作於碩鼠碩疑是鼫

謝燕龍圖惠詩啓 不敢敵一作不可敵

回滑州知郡啓 獲陳陳一作塵彫弊彫當作凋

上提刑司封啓 不彫彫當作凋

回王騏驥書 之徒切之一作而

回賈狀元啓 廷評新乾作監丞爲是

回賀楊翰林啓 恩厚一作惪厚特辱一作辱特

賀集賢韓學士啓 悰靈（一作懍靈）

表奏書啓四六集卷第七　歐陽文忠公集九十六

與晏相公殊書 皇祐元年知潁州日

春暄伏惟相公閤下動止萬福脩伏念曩者相公始掌貢舉脩以進士而被選掄及當鈞衡又以諫官而蒙獎擢出門館不爲不舊受恩知不謂不深然而足迹不及於賓階書問不通於執事豈非飄流之質愈遠而彌疎孤拙之心易危而多畏動常得咎舉輙累人故於退藏非止自便今者偶因天幸得請郡符問遺老之所思流風未遠瞻大邦之爲殿接壤相交因得自伸懇悃之誠庶幾少贖曠怠之責伏惟相公朝

廷元老學者宗師尚丕蕃宣行膺圖任伏惟上爲邦國倍保寢興企望旌麾無任激切

答胡秀才啓 當是從官在朝時

脩啓竊以考行選賢故人皆脩德而自厚論才較藝則下或衒己而忘廉誠誘養之道殊致進趨之勢異寖久之俗益薄惡而可嗟習見爲常遂安恬而不恠伏以秀才學優墳史詞富文章能力行以自強方韞藏而待價豈期誤舉遂爾遺材惟賢食之不家顧良時之難得譬夫餓者雖恥嗟來因而無言亦將不及既一慙之莫忍遂兩訟以交興逮乎究窮果自明白

矧朝廷之選士惟寒俊之是先雖爾初屯理將後得必也涖官學古為政臨民當獄訟而平心視斯為戒利公家而忘已効此必爭苟終身之不回雖一作維一青之何患如此則圭璧之玷猶或可磨日月之更其將皆仰至於較定能否明辨是非形長者豈度之私貌姸者非鑑之惠但慚淺識惟竭至公漁者讓泉思古人而莫見私門受謝亦鄙志之不為

辭副樞密與兩府書 嘉祐五年十一月

右脩啓伏奉制命特授依前官充樞密副使者聞命若驚撫躬無措伏念脩禀生孤苦賦性拙踈才不足

以適時少本無於遠志早迫逮親之祿學爲應用之文而自叨塵侍從之職荏苒歲月之積初無實效少補明時中被謗讒固多憂而速老素非強力加困病以成衰白首禁林厚顏時彥方欲自請江湖之上漸謀田畝之歸屢瀝危誠未蒙恩許敢希聖選登貳樞庭夙夕內循俯仰惟懼已形懇奏期必寢停伏望昭文相公借以閔憐察其悃迫幸因對見特爲開陳俾遂牢辭庶安常分謹奉狀披聞

又謝兩府書 同前

此者叨膺聖選俾貳樞庭涣命已行循涯匪稱伏念

脩學非臻奧才不逮中仰屬昌期猥塵膴仕抱孤忠而自許顧獨立之易危竊比古人每嗟其選懦有志當世徒自愧於衰遲雖策厲之愈勤信技能之奚取久尸厚禄進無補於高明屢乞方州冀漸謀於退縮敢期誤寵繆及匪才此蓋伏遇昭文相公叶贊大猷翊宣元化爲時柱石持物權衡急於甄才過及庸品第堅一節力勉不能上酬聰膚之知次答陶鎔之賜

謝參政與兩府書 嘉祐六年閏八月

寵兼憂而並至恩與責以俱深叩讓靡從撫循無措

伏念脩稟生孤懦，賦識迂愚，力微非致遠之才，學陋無適時之用。徒緣士類，早借稱揚，幸會聖時，過加獎擢。旣叨塵於侍從，遂竊與於謀謨。待罪樞庭，顧無分一作功而可録；備員政府，用累日以叙升。豈惟致冠之虞，奚逭曠官之誚。此蓋其官心存體國，道廣濟時，謂厎政之交修，必群材之博取。謬加品目，俾玷光靈。雖冥拙之無知，豈志感勵；苟疲駑之可策，尚冀涓塵。鄙訥之誠，敷陳罔罄。

回池州呂侍讀溱謝到任書 嘉祐八年春

伏承祗奉明恩，已臨善治。雖未充於士望，聊有漸於

復享深慮危心君子固嘗多難處窮與否昔賢罔以知人矧遠器之莫量佇華塗之歸踐過承謙挹曲損諭言感愧之誠敷宣罔既春和在候福履增休

英宗覃恩轉官回前兩府賀書（嘉祐八年四月）

叨膺渙渥敍進官聯祗荷恩榮豈任戰懼伏念某識非周物學不逮人蒙先帝之誤知自諸生而獎擢久塵侍從蔑著聲猷不圖衰病之齡進備政機之貳幸久安於無事容充位以素餐未知報國之方遽結遺弓之恨屬皇明之繼照均慶萬邦發大號以惟新推恩一切致兹濫及莫獲懇辭内省庸虚實虞顛躓此

蓋某官爲時元老協德一心言成華袞之文志樂菁義之育素加品目遂至叨踰方懷感勵之私遽辱誨存之枉佩銘悚愧交集襟靈

回文相公辭起復使相判河南書 嘉祐八年四月

伏承光奉制書起從哀次未皇馳賀特辱貽函伏惟留守太師相公望重搢紳道高巖廟出處之際繫中外之重輕弛張有宜兼將相之文武蔚爲元老秉在先朝雖孝性之隆專守經而執禮而權時之制或以義而斷恩副聖君仄席之思見忠臣許國之急諒難遵於固避幸勉屈於至情偕方與蒼生同兹引領遽

煩誨諭但極感悰

回富相公弼辭樞密使書 嘉祐八年五月

此者伏審光膺制命登贊國機渙號始行群情胥悅伏惟樞密相公搢紳舊德社稷元勲維石巖然朝廷以爲輕重長城隱若中外繫其安危嚮由執禮以居憂重於至性之難奪聖君仄席而勞想樞庭虚位以待賢自閑召節之來歸故雖行路而相慶矧惟庸昧早辱知憐幸陪副貳之聯得企光塵之末賴庇冀逃於罪戾望賜有過於蒼黔敢謂謙撝例貽誨翰罔知承命但極感悰

又回富相公謝書 同前

伏承顯奉制書茂膺寵數伏惟歡慶伏惟樞密太師相公學優孔孟道協臯夔屏于萬邦申伯之兼文武秉乎一德仲山之不剛柔嘉謨早著於先朝時望久隆於巖石屬嗣聖繼明之始乃宵衣講治之初首速元臣來還宰席三接之際群心以安出納樞機雖爲於要任調和鼎鼐當正於鴻鈞始塞輿談實非私論敢期謙眷曲示誨函既深抃躍之誠復積悚銘之抱

回鄭獬錢公輔一舍人謝新除書 嘉祐八年八月

伏承顯奉制恩陞華禁被允膺聖選式協輿談朝廷

之體尊嚴王者之居淵默德澤宣布必使入人心之深號令發揮而能鼓天下之動惟是代言之任實資博古之英伏惟其官履行敦方材猷敏茂藹一鄉之佳譽掩衆俊以名科通達古今固已優游於儒學出入侍從是宜顧問於清閒果被僉俞並司典訓竦萬方之視聽追三代之文章遂陞榮塗益奮賢業共慶得人之盛方深竊抃之私遽辱謙撝特貽誨翰感銘之素敷敘奚殫

回皇子神宗辭使相封淮陽郡王書 嘉祐八年九月

伏承光奉制書峻膺寵數伏惟驩慶竊禱以命官有秩

正上下之等威制禮緣情以親疎而隆殺惟是國家之舊典蓋推天下之至公郡王相公識稟誠明學窮原本篤於樂善因天性之自然舉必有儀秉君子之常德地崇冢嗣望著宗英兼陞將相之榮顯被山川之錫有光典冊允叶朝僉豈謂仁私曲貽誨翰感銘之素敷述奚殫

與安撫密學啓

伏自安撫密學顯奉寵靈出分寄任邊甿被德蔚興儒袴之謡宸眷倚材隱若金湯之固實藉威名之重即疇勲績之華入踐廊廟之崇以副搢紳之望祁寒

在候福履凝休瞻頌傾虔罔殫庸鄙

賀延州程太尉戩加節度使再任啓治平元年

伏審賜節中宸建侯鉅屏伏惟慶慰恭惟太尉閣下剛明禀哲純一端誠嘉猷夙著於本朝韙望尤先於舊德久鬱巖廊之用屢淹藩翰之居惟關陝之一方昔干戈而累一作屢歲用兵之後瘢傷尤急於撫綏難信之盟醜黠宜先於經制是膺帝眷寔允朝僉大纛高牙雖暫煩於節度鴻鈞元鼎行即俟於登庸乃公議之久然匪私情之獨禱春陽式序幕府肇開伏惟上爲邦家精調寢膳

轉吏部侍郎回謝親王書 治平元年五月

祗膺渙渥交積兢慚伏念某學問不强顓蒙自守流離當世而寡合幸會先朝之誤知拔自衆人俾參國論而屬承祧嗣慶布治惟新以聖主而責愚臣方懷惕懼假小人而乘大器豈不隮顛故當成命之初行屢竭愚誠而必請而君恩至篤天聽莫回此蓋某官借以餘光致兹冒寵仍貽誨翰曲賜襃揚感佩之私敷陳罔既

回潁王書 治平元年六月

右脩啓伏承顯膺帝制榮啓國封伏惟歡慶某官宇

量閣深機神敏悟玉質非由於追琢天姿自發於純
明德盛地尊乃王家之屏衛色温言厲爲宗籍之表
儀顧惟爵秩之崇實繫朝廷之體真王錫號蓋遵有
國之彝章寵命始行方愜至公之輿議豈期謙挹曲
示誨函感戢之私欣瞻併集

賀潁王書同前

右某啓伏承顯頒帝制榮啓國封伏惟徽慶某官純
茂凝姿温仁秉哲濟之學問而以廣其業履夫崇高
而能守以謙蔚然德譽之隆式是宗藩之列遂膺典
册進位真王胙之土以建邦實資親屏爵于朝而示

衆蓋匪私恩方寵命之初行聽僉言而惟允莫逞伸慶徒積忻瞻

回宋相公庠謝除司空致仕書（治平元年十二月）

右脩啓伏承顯奉制書入膺召節（一作節召）遂諧歸政之請兼陛論道之崇伏惟慶慰司空相公道覺天民學臻聖域兩朝碩望文武兼資四海具瞻搢紳取法雖欲優游於進退實繫輕重於朝廷矧初政之日新方任人而圖舊所以奏封累上眷遇彌隆終於雅志之重違難徇輿情之所惜聳高風以勵媮俗介眉壽而膺百祥若賢若愚以榮以祝況惟庸儒早荷知憐方

深欣頌之私遽辱誨存之厚感銘之至敷敘奚周

回文相謝服闋入覲書治平二年月

右某啓伏承榮奉制恩顯膺寵典伏惟慶慰恭惟相公道兼文武功著鼎彝言行搢紳之表儀出入朝廷之輕重自執至情而不奪勉從制禮之難逾爰被徽章遂趨召節介圭來覲方優體貌之隆前席嘉謀即正弼諧之任實繫士夫之素論豈惟朽拙之焉依敢謂謙撝特貽誨翰感銘之至忻抃交深

二年四月

又回文相公服除遷侍中移判永興書治平

右脩啓竊承顯奉制恩荐膺寵拜伏惟歡慶恭惟太師侍中器深宏達業茂經綸弛張文武之才出入將相之任而日者來覲冕旒之邃喜聞履舄之聲從容話言固多仁者之利體貌耆哲是惟先帝之臣宜加異數之優以爲一面之重雖方勞於憂顧藉有素之威名然而惠輕四支不足爬搔於蟣虱坐制萬里理當根本於朝廷即期廊廟之來歸始慰士夫之素望過蒙謙挹曲示誨言趨賓戺以無由積感悰而徒切

又回文相公辭避樞密使啓 同前

右脩啓此者伏承顯膺制命首贊樞庭伏惟某官業

茂兩朝望崇百辟嚮自入親法座欣體貌於元勳出撫西師藉威名於獷俗然而籌謀當出於帷幄根本固在於朝廷果茲煖席之未遑已被追鋒之迅召揚庭誕告方喜動於朝紳仄席來儀固竭聞於嘉話竊承謙挹尚欲逡巡敢謂不遺亦貽善誨即期前賀但切感銘

回杭州蔡端明襄謝到任書 治平二年十月

右脩啓伏承出領要藩已諧禮上伏惟歡慶其官剛毅體仁粹明迪哲直道信於中外高風凜乎搢紳頃煩持橐之清資蓋賴富民之餘術經綸之業蓄素藴

以未施偃息于藩邇沖懷而自遠雖重違於誠請實深鬱於輿情諒爰席之未遑即追鋒而迅召遂登大用顧匪私言寒律向嚴神襟善嗇瞻凝感著交集悰靈

回吴侍郎奎辭副樞書 治平四年二月

右脩伏承顯奉制恩寵陞樞近伏惟某官材兼文武業茂皐夔左右帷幄之謀謨出入朝廷之輕重自丁至戚暫解繁機執喪禮以過哀雖君命而難奪祥琴甫御召節甚嚴尚少鬱於登庸姑復還於舊物光輔一人之新政式副四海之具瞻敢謂謙撝曲貽誨翰

方屬卧漳之告，莫伸賀厦之誠，感抃之私，敷陳罔旣。

回諫院傅龍圖卞攀違書 治平四年三月

脩猥以非才，久竊重任，報效初無於毫髮，怨仇已積於丘山。近蒙睿恩，曲徇誠請，與之近郡，俾養衰年。荷聖主之保全，賴公朝之議論，俾獲奉身而退，方懷去德之思。諫院龍圖舍人深閔孤危，特迂誨翰，意愛勤甚，有踰平時。風義凜然，可激薄俗，仰止門仞，莫遑敘違，銘之肌膚，永以佩賜。瞻依之懇，敷道奚周。

亳州到任謝兩府書 治平四年

脩此者祇荷朝恩，出分郡寄，退循忝冒，徒積兢慚。伏念脩學知行已而智不周身才匪適時而任參大政用過其量危而必顛乃物理之宜然偶天幸而獲免昨以怨仇並作讒謗交興蓋逢堯舜之聰明方與夔龍而左右講新至治銷伏狂邪而市虎之言雖騰於衆聽投豺之惡遽屏於遠方得逃九死於非辜實荷更生之大賜今者特蒙睿眷深察孤忠樂土近藩已曲從於私欲清資顯秩仍過竊於寵靈捨衰疲勉強之勞就空曠逍遥之適然而坐思補報歎心存而願違却視風波猶寢驚而夢噩顧獲全身而至此豈非宰物之深功仰佩恩私但銘肌骨載念脩以至愚之

朴陋路可畏之危機，徇物從時，既昧自容之計；拂衣遠去，又無先見之明。惟貪得於暮年，致以身而取辱。而識雖不早，悔尚可追。至於緝風雨之敝廬，治松菊之三逕，少假歲年之頃，即爲田畝之人，固將追野老而行歌，永陶聖化。恃仁人之在上，必保餘生；尚有斯誠，猶煩再造。炎歊方盛，機務至繁，上爲廟朝，精調寢膳。瞻依之戀，敷述奚周。

回潁州通判楊虞部書

脩啓：茲者赴郡假塗，久留賓次，過承眷與，日接宴言。遽此睽違，實增感戀。但以柅車之始，視職方初，雖去陋邦粗有人事加以大暑遂成病軀旦夕之間方思布款急遽之至先以惠音且承别來福履清勝脩以衰朽得此退藏如夙昔之所聞皆少過於其實惟寂寞之爲樂須漸久而益佳餘非悉談更冀多愛

回西京留守韓侍郎贄書治平四年六月

右脩啓此者祗荷朝恩出分郡寄顧惟庸妄早忝聲猷才非經濟之謨位玷光華之寵進陪國論無補於休明動觸禍機可嗟於朴戇賴聖神之燭理獲終始以保全許解要權俾逃重責仍分善地以養衰齡留守龍圖侍郎清德鎮浮純誠接物曲敦故舊不我鄙

遺遠形誨獎之言以慰孤危之迹嗟時久薄孰爲金石之交因歲大寒方見松筠之色凜然高誼可激媮風永佩恩私但銘肌骨晤言来遂溽暑方隆更冀珍調以符瞻詠

回寶文呂内翰溱書 治平四年九月

右倫啓茲者伏承寶文内翰被召禁林升華内閣仰惟道德名望之老久淹言語侍從之流以望之之忠誠兼孔光之慎密豈止典謨潤色朝廷遂變於斯文固已朝夕論思天下獲受其陰賜雖未正秉鈞之任而姑副仄席之求凡在搢紳皆同慶抃況於庸鄙最

荷知憐而多病早衰思乞骸而已久因閑成懶顧與世而益疎豈無嚮慕之私殊闕寢興之問敢期惠眷先辱誨言世路多虞方歎風波之惡歲寒已甚始知松柏之心感慰之深敷陳奚既清霜戒候内直方嚴惟冀珍調以符瞻詠

賀樞密使呂太傅公弼書 治平四年

右僕射伏承顯膺寵典登進樞庭成命始行輿言僉允伏惟某官存誠直諒蹈道中和學臻三代之英世濟八人之美論思獻納已多補益之勤謨明弼諧久韞經綸之業三朝眷遇一德老成尚虛黄閣之居姑

正紫樞之位坐籌帷幄方資制勝之謀正席鈞台始慰具瞻之望顧惟衰朽早辱知憐惟與蒼黔同深慶抃

賀韓相公琦罷相轉司徒兩鎮節度使判相州書治平四年冬

右脩啓伏審榮被恩俞勉從懇請極便蕃之寵命均休逸於名邦伏惟司徒侍中誠明發揮德業乂大三朝顧遇百辟表儀挺金石之純誠當國家之大事上所取信有疑決於元龜民之具瞻爲望重於九鼎屬聖神之嗣統方毗倚於老成而功高不居志確難奪

爰併推於異數用顯答於元勳孰不秉旄詎有兼持於雙節昔甞衣錦今而盛服於九章極古今儒者之至榮保進退君子之全德顧惟庸懦久辱知憐聆誕告之頒行極私誠之竊抃隆寒戒候大旆啓行伏惟上爲廟朝精調寢膳一作寝傾依瞻頌筆舌奚殫

回青州吳資政本書 治平四年

右脩啓伏承光被制恩出臨藩服斯民之幸將蒙豈弟之仁有識所嗟共惜忠賢之去伏惟資政侍郎智周物表性自誠明學窮仁義之本原識達古今之治亂匪躬之操出入三朝秉心不回進退一德方聖神

之嗣統賴耆哲以倚衡送往事居其勤亦至沃心造
膝爲益已多毅然君子之剛卓爾大臣之節信於中
外明若丹青雖就逸均勞暫侍殿邦之重而用人圖
舊諒難爰𢑴廟之安顧惟衰退之蹤終託光輝之末隆
寒戒候大旆啓行上爲廟朝精調寢膳

回陳州王密學陶賀冬書治平四年

右脩啓天心來復七日之亨有初陽氣潛萌萬物之
生以此兹謂履長之慶宜膺多福之祥伏惟其官性
稟純誠識窮至韞講明道德是惟舊學之臣啓沃謀
猷蔚有嘉言之話暫遂偃藩之便已勞側席之思即

膺圖任之求庸慰具瞻之望顧慚衰朽方卜退藏自期田畝一作里之獲安惟幸仁人之在上傾依祝詠交集悰靈

回諫院吴舍人充書熙寧元年二月

右脩啓伏承光奉制恩入司書命得人爲一作之盛與頌同欣伏惟某官器禀純明道探淵蘊清名峻望獨映於一時碩學高文素推於群彦果被上心之柬進膺寵命之華紅藥飜階直禁垣之清切紫荷持橐陪法從以雍容文章追三代之風號令警四方之聽允歸鴻筆增重本朝顧惟衰朽之退藏方與搢紳而竊

抃豈期謙眷特枉誨函感服之私敷言罔旣

與開封知府呂内翰公著啓熙寧元年四月

伏自某官輟從邇列暫領陪藩竊顧愚矇獲兹庇賴載惟孤拙每荷優容積於佩德之誠無異遺民之愛恭惟入趨宸扆榮署天畿仰匪日以政成即疇賢而柄用始兹歆溥宜乃高明伏惟上爲邦家精調寢膳

回王先輩安國謝賜及第書熙寧元年

某啓伏審先輩顯承嚴召明試雄文立若堵墻駭筆端之灑落程之衡石留帝覽以稱嗟遂膺賜第之榮式副求賢之意講明仁義之奥久以充中發揮德業

之光實從茲始凡居交舊孰不欣愉雅眷不忘惠音斯及其爲銘佩難罄敷宣

謝判大名府韓侍中惠書啓 熙寧二年夏

右脩啓伏念東秦僻處在海一涯全魏相望遡風千里特枉惠音之問實惟眷與之私兼承鎮撫之餘克集休祥之祐伏惟其官道優文武業茂臯夔爲百辟之表儀首三朝之勳德從容進退雖不有於成功出入勤勞實未忘於憂國頃遂便藩之請豈遑煖席之安屬北州大震之災加仍歲荐饑之後流亡殍踣民未復於故居招輯綏來上方倚於元老豈不少煩於

恩慮夫何暇顧於衰殘乃知才大經綸固多餘裕契款道義夐出常情辱知己之既深輒忘言於叙感統臨寄重炎燠時繁更祈上爲邦家精調寢餗即還大用均福群黎蕞爾孤生但同輿頌

回宫教丘寺丞書 熙寧二年六月

右脩啓不聆嘉話忽已再朞晚節無堪久思歸於南畝上恩未忍猶復委於東州但謀屛迹以深藏敢冀時髦之枉顧遠貽誨問寔慰病衰示之進退之方勵以始終之節愛人不苟知君子之用心服義甚高俾懦夫之有立仰銜眷與徒極佩銘載嗟疾恙之攻兼

以年齡之迫錐請纓自効豈不竊慕於功名而伏櫪已疲第恐難勝於鞭策未期披款徒以傾馳暑伏方炎襟靈善嗇區區之懇敷布奚殫

回李舍人壽朋書 熙寧三年冬

右脩啓此者伏承顯膺寵命入直禁垣臺閣登賢搢紳共慶舍人器涵閎遠德蘊純深講仁義之淵源極天人之精祲備言語侍從之列承清閒顧問之榮時望蔚然輿談久屬果被上心之東進司書命之嚴惟帝制之坦明必訓辭之深厚金相玉振煥三代之文章雷動風行警四方之耳目遂歸鴻筆增重本朝顧

惟衰病之餘敢辱眷勤之貺遽先惠問益認撝謙感服欣愉敷陳罔既

賀王相公安石拜相啓熙寧四年春

伏審榮膺帝制顯正台司伏惟慶慰伏以史館相公誠明稟粹精祲窮微高步儒林著三朝甚重之望晚登叉陛當萬乘非常之知論道黄扉沃心黼扆果被往諧之命遂膺爰立之求左右謀謨方切倚衡之任搢紳中外益崇巖石之瞻竊顧病衰恪居官守莫陪班謁徒用馳誠春序布和政機惟密伏惟上爲邦國精調寢興欣抃之誠敘陳罔既

致仕謝兩府書 熙寧四年六月

某啓：此者獲解郡章，許歸田畝，荷聖君之念舊，越常典以推恩，内自省循，惟知感涕。伏念某猥以一介之賤，幸會千齡之期，學業素荒，早接俊游之末；謀謨無取，覗陪國論之餘。詎於報効之蔑聞，徒蹈危機之可畏。而年齡遲暮，疾病侵攻，乃以難強之筋骸，坐尸踰分之榮禄。自陳懇悃，頻歷歲時，猶蒙上之哀憐，久乃賜其閑可，奉身而去，悵負國之已多，受寵至優，但捫心而自愧。此蓋伏遇某官權衡萬物，佐佑三朝，思輔治於和平，務敦行於仁厚，不遺故舊，期俗革於婾風

過借寵光俾民知於愛老致茲渙渥併及衰殘已自屏於明時惟永藏於大賜

代辭胥學士啓（已下續添）

某聞鶩蹇之材雖謝終戀於故軒頡頏之羽方歸尚懷於廣厦何則物由時制質以願違瞻後來以不遑豈卑飛而自適矧在最靈之品優叨再造之仁拘文憲以難踰捨藩墻而輕去翮如秋蔕臨一水以將歸霽若晨霞與孤舟而遂往恩渥山積感緒絲棼竊念某材實懦庸識惟黯淺謬偷生於人壤獲遘幸於王塗弓治傳家耒耜遵業嘗畏圈牢之誚樂聞詩禮之

言逮過弱齡粗堅苦節且親闈就養宦路隨方西走巴賓南浮江澨登稽山而訪古學謝前良歷劍阪以刊銘文慙往哲何嘗不跂清徽於朝闕詠鴻藻於聖門丈席是依寸晷惟競僅偕童刻之技終無老成之風性既愚而不移齒及壯而自惕幸遘當陽求士上哲持衡勉趨翰墨之場濫齒孝廉之舉袍紛紛而若雪志凜凜以懷霜鑒本無私敢逃於蚩鄙材非有備豫荷於甄収玷媿簡以惟精橅微生而何幸洎春闈之較藝叨雲陛以策名山本呈材自選掄而爲器冶金効用荷鎔造以成功進匪時來幸由恩假自此從

風官牒授任選臺俾外掌於司刑尋參榮於軍幕幸涖熙熙之壤姑隨冉冉之趨若乃民命所矜在一成而致慎憲條具設知五聽之惟難允非幹明曷副欽恤而恭身專吏局世匪法家象斗之制斯嚴肇闢甲令磔鼠之能素寡舉手片言矧乎人有刻木之嫌口擅鑠金之利或行如黠虜或巧過騰猿居多納獲之防願奉酌泉之戒事機匪一識局難周惟曠弛之是憂在憲章而可懼弱羽未沈於泥滓福星聚列於珠躔幸遇甚官京輔移轄軍牙涖政金鼇虛署久稽上第之榮銀兎分符寔重專車之任撫治綱之大振使

訟牒以寖銷茂草鞠扉甘棠蔽坐不謂斗筲之役載依旌棨之門榮立府庭恪奉條教鄉雲之蔭雖廣潤及於纖荆冬日之愛至高惠先於一物降包荒之大體示含垢之深仁賜以雍容優其顔色嘗與言於壓柄許獻技於鈴齋曲矜蹇蹇之軀過損循循之誘重念其襟靈不爽道藝非優自竊吹於秀科頻空食於官舍嘗欲温故於案几之暇勵力於歲月之餘冀少益於顓愚廢上裨於亭遇而寡聞自任扞格奚勝學圃遂荒整一經而不治文緒難繹懼彌日而無成露狂狷以居多蹟聰明而爲甚斷無他技動之所長徒

祇事於麾旄固無施於塵露豈謂伏蒙其官愜山藪之量納菲葑之言回掩疵瑕荐加題品寢米一介靡遺五管之微甄拔下流有過衆人之遇舉空疎之器爰定品於優長飾闇弱之姿將類能於閑敏矜其拙効嘉乃妄庸上辱哲明曲形表薦且俾預官聯於轂下參器使於民間苟檢操之有渝引簡書而共守所念名編桂籍已塵玷於大猷迹厠金臺復叨居於始賞恩踰素望理邁常均永懷肉骨之私寧止捐軀之報方幸輝光未運使節少留顧振翮之有依適諧棲集何飛蓬之易轉遽至飄離俄及戍期倏辭藩岳結

課蔑聞於最賦省躬幸免於常刑初覆有光優慈是賴而自解曹符而退處終歲律以寓居荷眷待以特殊沐霑濡之至澤越後遥之禮分接右席之賓儀置酒梁園幾逢於美景觀容相圃屢奉於清歡給舳艫以備行假輿臺而補乏之士林增耀民巷改觀今則已揆良辰將還舊華逮樂郊而去德戀大幕以銷魂行當聞優詔於塗中候歸艎於日下瀛洲秘局式聽侍從之班溫樹近司永託陶鎔之造願趨槐府獲效蓬心攬涕斂誠隕首誓報畢情無任

代人辭官狀

温辭甫及渥命駢臻竊用退思匪遑祗受伏念某本
以孤宦託於盛時專室之性甚愚外廷之游粗足寅
緣聖獎寵濫朝榮屬潛邸之署官首膺表擢陪學黌
之講道無所發明旋預政機益承恩紀欽纘圖而布
慶亞司會以名官隘薄奚勝深懼覆於公餗毫分未
報自愧食於土毛而乃曲被宸慈驟隆禮秩旣褒異
於邦爵復登貳於天官震悸來并覥墨無措已陳車
府之奏冀息鄉校之譏方聽俞音尚希舊貫伏望某
官軫念庸識鑒諒危衷享其所宜勿使其進冒誠有
所訴特示於保全獲追寢於恩章實有依於德蔭

上李學士啓二首

某猥策草茅之愚近胥寒素之目沿宦牒而便道許以過家入里門而下趨遂茲税鞅想孤生之弱植早自困於無津竊希上國之並游偶以諸生而著録久彈鐔於外舍託推轂於名卿然而泰機後門最嗟於晚出蘭臺雅聚本狢於清流其官躧屣起迎一顧增價借以左右之譽視如子姓之親辱謝公之齒牙憐其未立經平子之題目時不敢更（一作不敢更非）遂憑外獎之華獲致榮階之漸仰銜殊遇陰誓銘藏至於當便坐而執經對諸公而隸筆闔蠆尾之餘論入於耳而

不志得師門之一言書諸紳而故在越流離於下國悵漸遠於崇閎在陰鮮歡歲崢嶸而倏盡（一作忽）逃虛旣久音謦咳而不聞遜仰墮鱣之庭豈勝疲馬之戀

同前

某啓伏自學士被渥帝宸躋榮史局嘗貢躍蠭之懇諒塵隱几之觀然而偃宣父之風草蔕（一作帶）何勝於餘煖望長安之日葵心愈屬於愛輝計六氣之順調降百祥而穰簡恭以學士星奎稟粹玉鎮凝華敏學兼該復一變而歸乎道羨文鼓動導元氣而洩其和自丁千載以親逢出協五靈而瑞聖當天下之第一

履大名而久居爰屬國家盛紀無疆之休慎求良史之實仰惟俊望允彼僉諧入聚石渠之書坐擅鴻都之筆畢聖人之能事曲暢大猷約春秋而謹元修明舊法乙其處者三月上覽以忘疲勤成書於一家官藏而永祕益注帝心之東行閒柄用之求推相如之文章坐朝而當大冊取公孫之儒雅作相以繩羣臣豈伊紬繹之勤可滯久賢之業竊揆妄庸之質永懷棲庇之心緹律已窮凝寒方凜冀保緜倪之妙益迎福履之綏遡跂門墻卑情不任

右四六四篇散在諸本之中胥學士啓專叙獄官

非公甚明今加以代字辭官啓初似爲晏元獻作徐考官職則又不然或是他人之文李學士二篇據蔡康祖跋云王銍性之搜求文忠公遺文已多其後於家藏李邯鄲録遺中得此啓狀按公天聖八年登科淑已爲史館檢討尋遷直集賢院於公爲先進遠景祐三年公貶夷陵淑在翰林以書附遞問五代史公巽辭答之則初第或曾投啓但公後來奏疏極口詆淑今第一啓乃有治牒過家并子姓師門等語與公出處交際殊不相應吉綿本既已收入姑存之

回潁州吕侍讀遠迎狀 熙寧三年

右某啓：某此者誤恩擢任，嗟癃病之不堪，危懇力辭，蒙睿慈之垂閔。許從易地，俾養衰齡，方趨便道之行，適遂過家之樂。敢期雅眷，遠辱惠音。雖瞻款之尚遥，若話言之已接。傾馳之素，欣感交深。謹奉狀謝。

與潁州吕侍讀賀冬狀 同前

右某啓：伏以七日告期，候天陽之來復；百祥佑德，宜君子之承休。知府侍讀侍郎經濟嘉謨，論思碩望，宣風撫俗，一方式藉於鎮臨；獻可告猷，三接佇升於近密。屬迎長之届，亶當受祉於無疆。頌詠傾勤，敷宣罔

既謹奉狀賀伏惟照察謹狀

右公熙寧三年以知蔡州與呂正獻公二狀今載呂公五州録公嘗典數郡凡應用之文如頒曆恤刑賀正賀冬歲歲皆當上表而集中纔見一二至於監司鄰郡往復書啓亦僅有之桉蘇丞相跋公帖（在書簡第二卷）謂南京幕府二年府事外章奏書疏悉以見託然則公委人代作者固多此二狀未知出公手與否姑存之

謝張先輩啓（明道前吉綿本及文海皆有之）

早者公步至伏蒙以七言雅什一篇爲贈者承命之

辱拜賜甚嘉亟揄心而玩辭殆驚魂之去體伏以秀才即先輩衆輿稟異廟璉凝姿服懿行以翺中騰藉華而冒遠遊聖門而入其閫洞際天人之交褰藝圃而漱其芳獵取菁英之妙自叨一日之雅已服百人之豪方育賢而在阿久俟時而蹴疋第一鄉之品推月旦之美評游諸公之門有名鄉之躡屣而乃過存庸妄之品曲借交游之光釆箕斗之虛名靡責其實謂糠粃之無用偶置于前特迂夢草之餘妍摛寫陽春之雅曲加華袞之一字寵示榮褒鬻珍髢於九戎委之非所矧復警辭大夫駭峭格鋒生挫萬物以揮

毫入無閒而抽祕蕩蕩默默而淵坑淵谷雅韻迭揚郁郁紛紛而非霧非煙文華炳發屬苦中於清聖方卧歎於酸痟倏駭無因而至前不醉爲之而彊起病酲都釋颯若清風之襲人紬繹並輝永訂至珍之藏衍顧迫持於歸鞅慚弗獲於披風恭佩之私謀非終悉

回發運主客啓 見文海及仕塗必用

伏審顯膺寵命榮總使權伏惟慶慰恭以其官才猷經世問望光朝資敏議以通微竭精誠而濟務自居漕職克邁官能九年之厚一作儲已豐於茂最三載考

續遽被於陵明重膺東注之求奚測亨騰之勢幸依便部致辱誨函銘佩欣祈併交悰悃

與辛郎中啓 慶曆二年冬倅滑州 見緘啓新範

右其此者得請便親署官近郡始臨舊府邈想清風依聽訟之甘棠餘音〔缺〕可愛步飛觴之月榭遺址尚存其如邊鄙多虞公私並乏簿書期會常苦紛紜罇俎笑談豈如疇昔方茲感誠〔缺〕遽辱誨存顧冬律之嚴凝喜天和之保嗇佇膺茂渥以副企翹

與呂轉運啓 見緘啓新範

伏審顯奉宸恩入趨天闕方欣庇賴遽失於焉依仍

沐撝謙特貽於嘉問其人珪玉茂德棟幹上材藹清望於朝端乘乃心於帝眷列城按俗諠美政於民謠會課及期走旌賢之召節鬱去思而雖甚諒峻陟以非遥冬序方凝神襟善嗇傾祈禱戀交集感悰

答運使啓 見緘啓新範

伏審榮膺帝渥出領漕權方懷竊抃之誠遽辱誨存之惠某人廟璉重器國棟上才茂績藹於朝端嘉猷均於宸衷果被僉諧之命實資富庶之謨攬轡有初已風行於列郡追鋒訊疑召即柄用於本朝矧託公庥但深久禱

賀新發運啓 見緘啓新範

伏審榮抱使權已諧禮上猥居屬郡竊庇公麻方深
欣幸之私遽辱誨存之厚伏惟其人才優學古業茂
經時久妙柬於上心屢委分於劇任果疇懿績亟被
陟明投刃皆虛豈足煩於餘地朞年入報行別迓於
寵靈屬此春和冀綏福履欣依禱頌倍萬常情

與李吉州寬啓 慶曆五年冬初到滁州 見緘啓新範

伏念待罪山城絶迹人事敢期音誨屢以顧存飲
風義以甚高若話言之方晤坐麾千里矧茂最之已
成入覲四門佇寵光之休被冬凝在候福履惟寧膽

詠感銘倍爲誠素

别紙 附

人至辱書爲誨承臨郡之暇體況甚休鄉郡多幸得賢侯爲立學舍蒙索鄙文竊喜載名廡下遂不敢辭筆語麤惡幸望與伯鎮學士評改而刻石也冬冷千萬加愛

與許發運啓 慶曆年滁州見續啓新範

伏念僻守郡封殆不通於轍迹邈瞻風采鉄馳問於興居恭惟按省之餘克保粹和之妙治朝急士方渴仲於宏材漕最淹賢況已升於美績即期迅用以奮

遠圖企頌之私縷言非罄

又慶曆六年春滁州見緘啓新範

伏念睽異風徽屢更年律河壖阻邈常辱郵音淮郡僻荒亦蒙誨問荷顧存之至厚慰艱拙以茲多此者伏審其人榮被恩俞近移使節望行舟而非遠佇良覿以未涯惟賢業之素彰藹勳勤而夙著佇從公議別霈寵光豈此漕輸可淹傑俊春陽方盛福履惟休感詠詹依交集誠悃

上李端明狀見緘啓新範

伏審遠驅旌旆已及郊圻和氣所充與民謳而先浹

餘塵可望欣馬首之獲詹即遂攀迎交深祝詠某不任激切依歸之至

回知郡賀冬狀 見緘 啓 新乾

天序欲周物生伊始惟君子福綏之吉順陽和來復之時即迓寵光以符善禱敢祈隆顧先辱惠書荷慰誨之尤多積感銘而但切

與楊太傅狀 見緘 啓 新乾

右某伏念畫圻雖邇違德未由幸時接於誨音良若披於徽采夫何定瑣辱此記憐春序已暄神襟善嗇佇膺茂渥以副傾祈

答李寺丞狀 見緘格新範

早欽秀望忽枉榮緘以州部之相望加門閫之最舊過形來問但切中藏

答王供奉狀 見緘格新範

乍聞清徽兩蒙芳訊審憩車之伊始欣妙畫以惟和即奉渥恩以符瞻禱

與鄰郡官狀 見緘格新範

伏念封圻甚密官守有常雖傾企德之勤尚阻披風之便承屢形於謙顧常曲示於誨言冬序方凝陽和將動伏惟爲國自重以副詹祈

答賀赴闕狀見緘啓新範

近蒙朝旨召赴闕庭方瀝懇以致辭敢辱書而爲賀

仰承詔疑眷但切悚惶

謝真州知郡見緘啓新範

伏念幸守陋邦獲鄰善壤側聽下車之始已喧載路

之聲方渴仰於風徽遽先貽於誨問某人材雄通敏

器藴宏深撫俗班條綽聞於餘裕陟明陛最行被於

殊恩方此春陽冀綏福履禱祈感詠言述非周

謝劉真州見緘啓新範

幸鄰善壤日孰政聲雖談笑之靡親辱誨言之屢及

少阮詹翅之猥奚勝感愧之私行因溢路之謡入被
中臺之召清和始畱寢寐增休縷縷之誠一一奚旣
右張先輩啓公所作無疑四六集偶失編入餘得
之仕塗必用緘啓新範者皆京師舊本也或出公
手或人代作其説與蘇丞相跋語同

表奏書啓四六集卷第七

按公行狀墓碑並云四六集七卷近歲浙西掌刋
行然甚無倫理大抵表奏書啓古皆散文後世始

駢儷如公謝章服謝知制誥河北謝獎諭謝曆日表皆古文也不應以四六名集疑非當時定本又如謝致仕表反賓集外其他散在諸卷尤錯亂今用蘇文忠手編東坡前集法（後集其子過編亦同）凡表狀悉以遷拜爲序其丐外乞休致之類則取之奏議以類相從各繫歲月于下所逸者河北都轉運使謝上表耳熙寧三年五月庚戌擅止散青苗錢放罷旨揮雖在四月移判太原之後七月改知蔡州之前然公尚留京東本任故繫謝表於夏然後公履歷出處昭然矣至於同是四六而或曰書或曰啓

皆從其舊仍略考先後而推其姓氏之可知者合爲七卷題曰表奏書啓四六集不敢失元目也紹興間從官與人變緘皆題曰書上

前賢初除館職初拜兩制初入政府往往致謝在外之先進公答啓可考近世無此風矣

詩藹藹王多吉士楚詞讒夫藹藹而曼著皆取茂盛之意公表章用藹昧蓋古字多假借俗本改作曖昧今存一二以警來者

亳州到任謝兩府書 至治一作治理寢驚一作寐驚上爲一此上有伏惟二字

回[illegible]啓 恭惟一作恭審榮著榮一作受

[illegible]啓 司刑一作刑司福星聚列聚一作驟輝光末運一作奎躔末運

國史公列傳末去中子棐字叔弼登進士第乙科脩所爲文須人代者多出其手脩薨代草遺表神宗讀而愛之意脩自作也